신사에
천사가
강림한
순간

신춘
포토 콘테스트
그랑프리

우즈라노 토에 양
(14)

세이카 아즈키 선생님 (15)

MF문고 J
웹소설 부문
'우수상'
수상

수상작

『야한 일이 주특기인 선생님이 나를 협박하는 건에 대해!』

"
―

야야는
신이랍니다
―

"

야야야 야냐

"야야는 이 방에서 첫 경험을 했어."

영차영차 내 배 위로 하반신을 얹고,
싱그러운 내용물이 꽉 들어찬
몸의 일부가 밀려 올라온다.

가슴께는 다시 한번 스르륵 풀리고,
몸이 스칠 때마다 스커트 자락이 밀려 올라가
부드러운 브로콜리의 페페론치노가 안녕하세요.

"텐군,"
"응?"

Character correlation diagram

인물상관도

세이카의 담당편집자

인터넷에서
발굴

세이카
(팬네임: 세이카 아즈키)

목표

"매장사"

밤의
개인 레슨

텐진
(팬네임: 텐데 타로)

동기 데뷔

동
기

비밀
프로듀스

현재
담당자

방향성의 차이

"사장"

"지베리안
허스키"

현재
담당자

신인상으로 담당

초대 담당자
(전직)

팬네임:
야야야 야야

Is It a Crime
Introduced by My Student

제자에게 협박당하는 것은 범죄인가요?
제4교시

사가라 소우 지음 / 모모코 일러스트 / 김민재 옮김

목차

Is It a
Crime?
Intimidated
by My Student! 4

표지·본문 일러스트) 모모코

프롤로그

빛이 있는 곳에 그림자가 있다.

언제 어느 순간에도, 세상 어느 곳이라 해도.

눈부신 빛의 옆에는 버림받은 그림자가 세트로 존재하는 법이다.

글쟁이라는 일은 빛과 어둠으로 따지자면 그림자 쪽이다.

모바일 게임이니 인터넷 스트리밍이니 VR이니, 자극적이면서도 직감적인 오락으로 들끓는 요즘 세상에, 2차원 문자의 나열이라는 원시시대 곤봉으로 싸우겠다는 것이다. 틀림없이 그림자다. 어둠 속으로 사라지기 직전의 그림자.

덤으로 이 내리막길 문장업계 중에서도, 문화적 바위의 축축한 밑바닥을 구물구물 기어다니는 우리 라이트노벨 작가가 그림자 중의 그림자라는 사실은 새삼스레 강조할 필요조차 없을 것이다. 백주대낮에 집 근처에서 얼쩡거리기만 해도 신고당하니 말이다. 나는 그저 초등학생들의 등하교 풍경을 전봇대 뒤에서 취재했을 뿐인데…….

하지만.

그림자 있는 곳에 빛이 있는 것 또한 사실.

음지 속의 라이트노벨 작가에게도 단 하나, 찬란한 햇살 아래를 걸을 수 있는 공간이 존재한다.

출판사의 파티다.

신년 감사제니 사은회니 수상식 등의 명목으로 열리는, 1년에 한 번 있는 화려한 날. 고급 뷔페가 준비되고, 레전드들의 말씀도 들을 수 있으며, 회사에 따라선 요즘 잘 나가는 성우나 모델까지 초대한다.

　호화찬란한 파티를 고대하는 중견 작가들도 많다고 들었지만, 나는 매년 그 계절이 올 때마다 참석할지 말지를 묻는 엽서에 뭐라고 답장을 보낼까 망설인다.

　주위에 초등학생이 없으면 재미없으니까. ……라는 로리콘 개자식 같은 이유는 당연히 아니고.

　일정과 시간대가 학원 강사 일과 겹쳐버리기 때문이다.

　파티는 꼭 평일 밤에 열린다. 내 사정 때문에 담당 수업 시간에 구멍을 내는 것은 싫다. 역시 주위에 초등학생이 있는 편이 즐겁고 말이지!

　『사장』이나 『매장사』처럼 부담 없는 녀석들과는 개별적으로 만나면 그만이고, 동료와의 커뮤니케이션 심화가 필요한 직업도 아니다. 이제까지 파티 참가율은 50퍼센트를 밑돈다.

　올해는 2년 만의 참석이었다.

　그리고 두 번 다시 나가지 않기로 결심했다.

　왜냐하면,

　"전 어떤 사랑하는 선생님께 밤의 개인레슨에서 조교를 받았답니다."

연회장에 마련된 무대 한복판, 반짝반짝 빛나는 스포트라이트를 받으며 방글방글 미소 짓는 빌어먹을 악마가 있기 때문이다.

"오늘 제가 이 자리에 서 있는 건, 모두 사랑하고 사랑하는 선생님의 조련 덕이에요."

칵테일 드레스 스타일의 츠츠카쿠시 세이카다. 금병풍 앞에서 스탠드 마이크에 목소리를 떨구며 나를 똑바로 바라본다.

주위의 작가들이며 편집자들이 일제히 나를 보았다. 그리고 같은 타이밍에 한 걸음 거리를 벌렸다. 저기요?

"사랑하고 사랑하고 사랑하는 선생님은 친절하게 자상하게 끈끈하게, 둘만 있을 수 있는 비밀스러운 장소에서, 매일같이 가혹한 지도를 주입해 주셔서…… 이번 작품에도 그런 찐한 체험이 듬뿍 들어가 있답니다."

세이카는 얼굴에 두 손을 가져다 대고 뺨을 붉혔다. 쓸데없는 애교와 쓸데없는 비유 붙이지 마.

주위가 세 걸음 더 물러났다.

"부업이란 게 그런 거였어……."

"텐〇 선생님, 그건 아웃이죠."

"완전히 아웃로(무법자)네."

"작가는 원래 아웃로라고 하지만."

"아웃인 로리가 성벽이었군요."

수군수군수군수군. 텐데 타로의 오명을 옻칠처럼 단단

히 굳혀나간다. 그림자 같은 업계에서도 배척당하면 난 앞으로 어디서 살아가야 하지? 빛이 닿지 않는 담장 속?

귀를 막고 연회장 한구석에서 부들부들 떨고 있으려니 단상 위의 세이카가 인사를 꾸벅.

수상자 소감이라는 이름의 사회인 공개처형을 마치고, 한껏 홀가분해진 얼굴을 들더니 나를 향해 소악마틱한 빌어먹을 윙크를 연타했다.

"텐○ 선생님, 저 해냈어요!"

응, 그래. 완전히 해치워버렸지. 지금 그 덕분에 이 자리에 있는 사람이 모두 나란 걸 알았거든?

"에헤헤, 너무 그렇게 칭찬하지 마세요. 쪽, 쪽쪽! 오늘 밤에도 쪽쪽♡"

근거도 허가도 없는 빌어먹을 키스를 날리며 속삭이는 목소리도 마이크가 전부 다 잡아버렸고 말이지.

"MF 문고 J 웹소설 부문『우수상』수상자, 세이카 아즈키 선생님이었습니다. 매우 흥미로운 인사였지요. 특히 경찰 언저리에서 흥미를 보일 법한…… 아하하……."

사회자로 나온 성우의 목소리가 싸늘했다.

"중학생의 커밍아웃이었어."

"터치아웃으로 몰수시합 아닐까?"

"사회에서 드롭아웃시키자."

주위 녀석들의 수군거리는 목소리도 아웃브레이크처럼 퍼져만 간다.

이렇게 되면 죽을 때는 혼자 가진 않겠다는 정신으로 저 녀석을 현실에서 해치우고 다음 윤회전생에 어택 챌린지 할 수밖에 없겠다고 손가락에 까닥까닥 힘을 주고 있을 때였다.

"이어서―― MF 문고 J 라이트노벨 신인상 『대상』 수상자, 야야야 야야 선생님의 말씀이 있겠습니다."

사회자의 말에 마이크 앞으로 나선 것은 미목수려한 소녀였다.

이목구비가 또렷한 데다, 색이 선명한 금발을 경단머리로 묶어 정리한 것이 눈에 뜨였다. 외국인 같지는 않지만 그렇다고 같은 나라 사람이라고도 여겨지지 않는, 국적불명의 투어리스트.

그리고 어리다. 세이카와 비슷한 또래일 것이다.

늘씬하게 뻗은 팔다리가 어딘가 중학교의 것으로 보이는 교복 속에 담겨 있다.

학생의 정장은 교복이다. 분발해서 파티 드레스를 조달한 세이카 쪽이 이상한 거지, 차림 자체는 매우 타당하다.

"――……."

하지만 그녀――야야야랬나?――는 아무리 기다려도 말을 하지 않아, 금병풍을 지켜보는 자들 사이에서 조심스러운 술렁임이 퍼져나갔다.

"――…………."

단상에서는 대조적으로 긴, 너무나도 긴 침묵이 고착상

태에 들어갔다.

수상 소감을 말할 때 신인이 실수하는 경우를 몇 번인가 본 적이 있다. 다들 그림자 속에서 살아가는 생물이니, 눈부신 스포트라이트를 받아 말이 나오지 않는 경우는 더러 있다.

하지만 이번에는 긴장 때문에 실수를 저지른 것은 아닌 듯했다.

그 녀석의 어깨에는 쓸데없는 힘이 조금도 들어가지 않았던 것이다.

긴 다리를 편안한 자세로 벌리고, 몸 앞에서 조용히 손을 깍지 낀 채 초연한 눈으로 주위를 바라본다.

술렁. 술렁술렁.

뭐야. 왜 저래. 무슨 일 있나?

장내의 시선이 모조리 모여들어, 보고 있는 쪽의 긴장이 폭발할 지경이 되었을 때, 녀석은 천천히 입을 열었다.

"야야야 야야——."

자신의 펜네임을 다시금 대더니.

"——야야는 신이랍니다——."

부드러운 미소와 함께 풀스윙을 날렸다.

……야 야 야, 이번에도 위험한 놈이 나왔는데.

……어떡할 거야 이거. 사고잖아. 대형사고.

등등의 감정으로 굳어버린 연회장 내의 시선을 받으면서, 자애가 넘쳐나는 목소리가 천천히 이어졌다.

"다시 말해 낡은 라이트노벨을 멸하고 새로운 라이트노벨을 창조할 존재──."

오른팔을 펼치고, 이어서 왼팔을 펼치고,

"그대들 모두가 나의 현현에 입회하는 기적을 칭송해야 합니다──."

코르코바도의 예수상 같은 자세로 조용히 눈을 감았다.

그런데── 이건 내 지론이지만.

어린 나이에 라이트노벨을 쓰는 쪽으로 와버린 인간은 대개 두 가지 패턴으로 나눌 수 있다.

의식만 높은 민폐 문장 마니아와 허구에 푹 빠져버린 현실도피 타입이다.

이들은 스토리라는 것을 대하는 자세가 다르다.

세이카가 전자라면, 이 금발은 후자다. 쌩쌩한 현역인, 오른손이 날뛰며 사안에 각성하는 그런 신드롬의 환자다.

그러므로.

"──라이트노벨의 역사는 오늘 밤 둘로 나뉘게 될 것입니다──. 야야의 작품 이전, 그리고 야야의 작품 이후로──."

맘대로 떠들든가.

소감 뒷부분은 흘려듣기로 했다.

왜냐면 대놓고 정신이 위험한 녀석은.

결코 위험하지 않기 때문이다.

이곳은 허구를 만들어내는 자들의 연회장. 고작해야 허구 속에서 멈춰 서버린 녀석의 말에는 가치가 없다.

연회장에 모인 사람들도 대부분 그렇게 판단했을 것이다.

술렁술렁술렁. 술러렁, 술러렁.

수많은 잡담이 흘러간다. 완전히 주목도가 떨어졌다. 수상식이란 어떤 의미에서는 매우 잔혹한 것이다.

생긴 건 참 귀여운데 말이야. 좀 거시기한 데가 있네.

시선을 돌려보니 스테이지 후방으로 물러나 있던 세이카가 잘 보인다. 느슨하니 이완된 공기 속에서 혼자 이를 악물며 연설하는 금발 여신을 노려본다.

저건 요컨대,

"시, 신을 참칭하다니 악마인 나에 대한 도전인가요?!"

라는 의미의 동요겠지. 안정된 자기평가다. 안심하렴. 너는 이제 못난이 타입 몬스터니까. 소악마 노선으로 회귀하기란 불가능하니까.

생긴 건 귀엽다고 못 해줄 것도 없는데, 머리가 거시기하니까.

그렇게 한동안 세이카의 붉으락푸르락하는 얼굴을 즐기던 탓이었을까.

주위의 변화를 알아차리는 것이 한 박자 늦었다.

기묘하게 긴장된 정적이 피부에 달라붙고 있었다. 한층 늘어났던 잡담이 극단적으로 줄어들었던 것이다.

첫 인사를 나누고 명함을 교환하던 녀석들도, 오랜만에 만난 동료들끼리 잡담을 나누던 녀석들도 하나같이 전방을 뚫어져라 바라보고 있었다.

스테이지 위, 스포트라이트를 한몸에 받는 장소에서.

"야야는 신—— 그렇기에 그대들 어린 양에게 약속하겠습니다——."

스르륵 하고 타이가 풀리는 소리가 마이크로 흘러들었다.

"만에 하나라도—— 수상작이 평가를 받지 못하는 일이 있다면——."

교복 앞섶을 풀고, 그 싱그러운 피부의 탄력을 스포트라이트에 드러내며.

"——야야는, 벗겠어요."

자칭 여신님은 종교적인 미소를 희미하게 드러내며 말씀하셨다.

저렇게 즉물적인 교의도 있냐.

나는 어중간하게 웃음을 지었지만.

주위 사람들과 마찬가지로, 어째서인지 스테이지에서 시선을 돌릴 수가 없었다.

"야야는 이처럼—— 자신의 재능을 믿는 존재이니——."

누군가가 꼴깍 침을 삼키고.

"그대들 어린 양 또한── 야야의 재능을 믿으십시오."

아무도 말을 잇지 못했다.

괴이한 행동 그 자체는 아무래도 상관이 없었다.

눈이다. 문제는 이 신이란 녀석의 눈빛에 있었다.

허구에 자아도취한 것도, 현실에 혼란폭주한 것도 아니다. 눈동자 속에는 그저 투명한 이성이 있었다.

이 자식은 의도하고 저러는 것이다.

어째서인지는 모르겠지만, 시선을 자신에게 모을 필요가 있었던 것이다.

"그러면 야야는── 그대들을 최고의 낙원으로 인도할 것을 약속하겠습니다──."

신의 눈빛은 양들을 둘러보고 있었다.

머릿속까지 들여다보며, 헤아리고, 또 다른 자를 본다. 무언가를 판별하듯, 누군가를 모색하듯.

그 시선은, 나에게 왔을 때 우뚝 멈추었다.

그 순간 등골이 오싹 떨렸다.

우리가 그녀를 보는 것이 아니다. 우리가 그녀의 시야에 들어온 것이다.

얼어붙은 몸으로 나도 그 녀석을 마주 보았다.

고작해야 중학생의 교복이 풀어졌을 뿐인데. 언뜻언뜻 보이는 두 개의 언덕 너머에는 정체 모를 무언가가 담겨 있다는 착각이 들었다.

젠장, 뭐야? 성가시게.

그렇게 억지로 고개를 돌린 것이 잘못이었는지 아니었는지.

"——……."

신이 후훗 웃는 기척이 느껴졌다.

"……아무래도 신심이 부족한 어린 양에게는—— 옷 정도로는 부족한 모양이군요——."

공기가 더욱 긴장감을 띠었다. 이곳은 이미 성역. 연회장 전체가 중학생 하나에게 지배당하고 있었다.

보지 않아도 알 수 있다.

이쪽을 똑바로 노려보는 투명한 눈동자로, 여신님 가라사대,

"그렇다면 야야는 자신의 정조로——"

"——네, 야야야 야야 선생님이었습니다! 소감 감사합니다!"

그 자리에 끼어든 사회자의 목소리에 수상자 소감은 강제로 중단되었다.

"——……."

급격히 돌아온 현실에 신은 아무런 불만도 보이지 않고.

천천히 인사하더니, 아무 일도 없었다는 듯 단상에서 내려갔다.

연회장의 공기가 서서히 풀렸다.

지금 우리가 뭘 본 거지? 작가들이 서로 시선을 부딪치며 일제히 고개를 가로젓는다. 허구를 만들어내는 쪽에 있

는 사람이, 모조리 갓 데뷔한 중학생의 손에 놀아났던 것이다.

올해의 파티는 초장부터 폭풍이 휘몰아쳤다.

덕분에 바로 전에 있었던 세이카의 테러 소감은 완전히 퇴색하고 말았다. 아웃로 텐데 선생의 성벽인지 뭔지는 아무도 기억하지 못할 것이다.

설마 빌어먹을 악마가 들러리 신세가 되는 날이 올 줄이야.

정말 세상 말세다.

"……대체 뭐였는지."

그림자가 드리워지는 발밑을 보기가 싫어서 나는 멀거니 천장을 올려다보았다.

현란하게 빛나는 샹들리에의 빛이 눈을 찔렀다.

📖

이 이야기는 그렇게 세상 어디에나 있는 겸업 라이트노벨 작가의.

어디에나 있는 빛과 그림자의 이야기다.

만난 지 5초 만에 중학생을 속옷 바람으로 벗겨버리고, 초등학생을 코트 속에 넣고, 해롱대는 여학생과 한 침대에서 잠을 자는── 일부 청소년의 꿈과 희망으로 가득 찬 에피소드는 별로 기대하지 말기 바란다.

나는 어디까지나 그림자 측에 서서 빛에 대해 이야기할 생각이다.

엿보듯 즐겨주면 고맙겠다.

아무렴 어때 중학생 따위

츠츠카쿠시 세이카의 수상——이라는 행성붕괴급 딥 임팩트 사건.

여기에 대해 자세히 들은 것은 모두가 눈 돌아가도록 바쁜 연말에 들어섰을 때였다.

『저요, 작가 데뷔가 결정됐어요.』

가을 무렵, 마치 지나가는 말처럼 그런 소리를 꺼낸 후 세이카는 이 건에 대해 아무 언급도 하지 않았다.

그 녀석이, 나에게, 자기 어필을 하지 않았던 것이다.

이것은 지극히 드문 일이다.

작가가 되는 것이 꿈이라고 항상 말했는데.

원래 같으면 으쓱으쓱 자랑을 거듭하다가 자화자찬 세이카님 만세 삼창 선창을 작사작곡해 전 세계에 다운로드 스트리밍해도 이상하지 않을 법한 이야기 아닐까. 그 녀석은 머리가 이상하니 이상한 게 오히려 이상하지 않다.

그렇게 되면 이건 혹시 자비출판 쪽 업자에게 뛰어들었거나, 혹은 자기 계발 쪽 사기 수법에 걸려들어서 몸을 뺄 수 없는 상황이 틀림없다. 아아 이상하다.

미성년자가 얽힌 계약은 쉽게 취소할 수 있다는 내용이 적힌 소비자청* 계몽 홈페이지의 주소를 세이카의 메시지

---

* 한국의 소비자원과 같은 역할을 하는 곳

앱으로 친절하게 보내주었더니, 마침내 12월이 되어 휴일 저녁에 호출을 받았던 것이다.

📖

"저기요 텐진 선생님. 너무 절 바보 취급하는 거 아닌 가요?!"

자리에 앉자마자 세이카는 버럭버럭 화를 냈다.

케이오 선 센카와 역 앞의 세련되게 꾸며진 가로수길의, 개인이 경영하는 예쁘장한 카페.

인도에 인접한 창문에는 조그만 리스가 걸려있고, 가게 내부도 붉은색과 녹색의 크리스마스 컬러로 통일해놓았다. 조용히 흐르는 음악은 재즈 선율로 편곡된 산타클로스 노래다. 테이블 위에는 양초가 마련되어, 조금 어두워지면 분명 기품 있는 조명을 연출하겠지.

여느 때의 시끌벅적한 패밀리 레스토랑과는 모든 것이 다르다.

가게의 분위기에 맞춰 세이카도 약간 시크한 스웨터와 플레어스커트를 입고 있었다.

『곤란할 때는 어른에게 의논』이라느니 『혼자서 끌어안 고 있지 마라』라니 대체 무슨 의도인가요! 저는 건전한 양 식을 가진 어른 여성이라고요!"

스마트폰을 테이블에 철썩 내리치는 여중생. 나름대로

목소리를 낮추기는 했지만 하는 짓은 평소와 다를 바가 없구만.

액정화면에는 나의 자상함 넘치는 메시지가 떠 있다. 텐진 사상 세이카를 배려해주는 커뮤니케이션 제1위였는데. 진심이란 좀처럼 전해지지 않는 법이구나.

"그거예요. 그게 바로 안 된다는 거예요! 텐진 선생님은 정말, 언제까지고 저를 그렇게 애 취급하시고!"

"애는 애잖아……. 누가 뭐래도 부모님께서 맡기신 소중한 아이다만?"

"으음. 우리 집이 얽힌 문제가 되는 건가요."

"그런 셈이지."

"부모에 대한 배려. 아니, 사양…… 장모님에 대한 거리감……? 친척들과의 소통 문제, 부부 특유의 문제……? 하우우, 그건 그거대로……."

"뭔 소리야. ……아니, 진짜로 뭔 소린데?"

"텐진 선생님은 정말, 부끄럼쟁이라니까요!"

"네가 무슨 과정을 거친 기상천외 연상논외 게임을 했는지는 전혀 모르겠다만, 평생 모른 채 있고 싶다."

세이카는 내 절절한 말을 무시하고 얼굴을 붉히며 고개를 휘휘 가로저었다.

"그렇다 해도 마치 제가 시시한 사기에 걸려들기 쉬운 것처럼 섣불리 단정 짓는 건 아니라고 생각해요."

"섣불리……?"

"표정이 그게 뭔가요! 요즘 판정에선 도발 행위는 깐깐하게 체크한다고요!"

"너 요전에 『100억 엔에 당첨되었으니 상금을 받기 위한 기프트카드 번호를 알려 주시기 바랍니다』하는 스팸메일에 신나게 답장 보냈다가 스마트폰이 하루에 백만 번쯤 울리니까 울면서 메일 주소 바꾸지 않았던가?"

"그, 그건 아니에요! 선생님의 이해에는 큰 오해가 있어요. 제 득점에 영향을 미치니까 신속한 비디오 판독을 요청하겠어요!"

"어디서 뭐랑 싸우길래……. 그래, 무슨 오해인데?"

"저 정도 되는 디지털 네이티브 중학생은 평소 업무 메일을 사용하지 않으니까요. 호에~ 메일 업계에는 이런 흥미로운 이야기도 있구나, 자세히 알아봐야겠다 앗싸 대박, 하고 생각했을 뿐이에요."

"제대로 낚였구만 뭘. 내 판정이랑 다를 거 없는데 어디에 뒤집힐 가능성이 있다고 믿은 거냐."

이 녀석의 자기 인식은 왜 이렇게 탄탄할까. 모두가 츠츠카쿠시 세이카 같은 사람이라면 인생의 시합 채점은 분명 올 타임 100점 만점이겠지. 그렇게 바보 같은 세상은 사양하고 싶다.

"그때는 정말 힘들었죠……."

치즈케이크와 홍차를 2인분 주문하며 세이카는 후우 한숨을 쉬었다.

"덕분에 업무 메일이 최하층에 묻혀버리고, 메일 주소 바꾸느라 애먹고, 좀 바빴어요."

점원이 떠나간 후 테이블에서,

"저기, 선생님. 오늘은 이렇게 일부러 와 주셔서 진심으로 감사드려요."

"······딱딱하게 굴지는 말자."

세이카가 두른 공기가 바뀌는 바람에, 나는 슬쩍 자세를 바로 했다.

이 세련된 카페를 예약한 것은 세이카다.

중학생이 어른의 공간을 선정하고 세팅해 남을 초대한 것이다. 내가 어렸을 때 그런 일을 할 수 있었을지는 매우 의심스럽다. 이 녀석의 그런 면은 칭찬해 마땅하다.

그렇기에 휴일임에도 나 또한 와이셔츠에 재킷을 맞춰 입고 이곳까지 왔다.

이제부터 들을 이야기는 아마도 매우 중요한 이야기일 것이다.

세이카에게는 물론이고.

어떤 의미에서는—— 또 한 명의 글쟁이에게도.

"정식으로 보고 드리자면요."

"응."

"저 이번에, MF 문고 J에서 책이 나와요."

"······MF라. 그렇구나."

"그래요. 라이트노벨을 즐기는 선생님도 잘 아시겠

지요."

"그야, 뭐……."

맞장구를 치는 목소리는 의도치 않게 딱딱해졌다.

『MF 문고 J』──.

전통적인 러브코미디 장르에 강하다는 평판의, 청소년용 라이트노벨 레이블.

나 텐데 타로가 수상했던 레이블이며, 현재진행형으로 마왕과 짝퉁 용사의 슬로우 라이프 시리즈를 간행하고 있는 곳이다.

제자 세이카가 나의 또 다른 일터에까지 파고든 것이다.

이 현실이 암시하는 내용은 대체 무엇인가?

지금부터라도 제대로 생각해야만 한다.

"메일 사고만 아니었으면 더 빨리 보고드릴 계획을 세웠을 텐데, 늦어져서 정말 죄송해요."

"……그런 건 괜찮아."

"하물며 이렇게 어른 같은 카페에까지 불러내고……."

"응?"

"저의 소중한 은사이신 텐진 로리콘 선생님이라면, 로리 풍경이 잘 보이는 고층 로리 빌딩의 최고급 로리 레스토랑에 초대해 주지로림의 로리로리 대접대를 해드리는 것이 도로리라는 것은 잘 알지만, 거듭 사과드려요."

"내 성벽에 맞지 않는 두 글자를 서브리미널로 강제 삽입하지 말고? 거기에 대해선 죽을 때까지 사과해라, 응?"

넌 진짜 틈만 나면 나를 멸시하는 데 모든 열정을 쏟아 붓는구나. 도로리가 뭔데. 어이가 없어서 생각하던 게 전부 날아가 버렸다.

"MF에서 책을 냈다면 경로는 어떻게 된 거야. 나한테 몇 번씩 보여주던 그거…… 『푸른 연회』였지. 그걸 신인상 공모전에 투고했어? 그 대장편을 어디서 어떻게 잘라서? 출판사에서 너한테 먼저 연락했어?"

"그, 그걸 물어보시나요……?"

"아니 당연히 물어보겠지. 대화의 흐름상."

"어, 으, 그게, 저……."

세이카의 동공이 이리저리 흔들렸다.

병아리의 대군이 지나가는 모습을 눈으로 따라가듯, 삐약삐약삐약삐약 시선을 이리저리 왕복시키더니,

"선생님 죄송해요! 하지만, 하지만 저는 어쩔 수가 없었어요!"

왈칵 울음을 터뜨리듯 테이블에 엎어져 버렸다.

"야, 뭐야, 왜 그래……?"

"바, 바람을 피울 마음은 없었어요!"

"뭐어?!"

"저도 사실은 텐진 선생님께서 가르쳐주신 테크닉을 그렇게 난폭하게 쓰는 건 정말 싫었지만요, 어떤 어른이 억지로……!"

"하지 마, 다들 쳐다보잖아!"

여중생에게 바람이 어쩌고 난폭이 어쩌고 소리를 듣는 사회인의 입장을 좀 생각해라! 크리스마스 무드에 들떴던 카페가 단숨에 초상집처럼 변했잖아!

이 빌어빌어빌어먹을 악마의 외계인 같은 민폐언어를 인류어로 통역하자면,

『저도 사실은 「푸른 연회」로 데뷔하고 싶었어요! 텐진 선생님께 많은 지도를 받았으니까 「푸른 연회」가 제 사상 최고 걸작이라는 마음에는 변함이 없어요! 하지만 어쩌다가, 손이라도 풀어볼 생각으로 썼던 신작 웹소설이 인터넷 응모가 가능한 상을 받아버려서…… 그러니까 이건 바람을 피웠다거나 그런 게 아니고요!』

라는 뜻이다.

이해하셨나요, 가게에 계신 여러분? 녹음이나 신고를 하려던 스마트폰은 다들 가방에 넣어주세요, 제발.

📖

"……아직도 인터넷에서 볼 수 있나? 네 소설."

못난이 빌어먹을 악마의 머리를 몇 번 때려서 나의 무죄를 매장 내에 선언하게 만든 다음, 나는 스마트폰을 슥슥 조작했다.

세이카는 출판사가 운영하는 소설 투고 사이트에 슬쩍 참가했다고 한다.

"우우우…… 선생님에게는 보여주고 싶지 않아요……."

이마가 발갛게 부어오른 세이카가 끙끙거리면서도 주소를 자백했다.

필명 『세이카 아즈키』가 투고 중인 소설 시리즈는 한 편뿐.

제목은,

『야한 일이 주특기인 선생님이 나를 협박하는 건에 대해!』

였다.

여중생의 1인칭 시점에서 변태 로리콘 교사와의 일상을 과장되고 재미나게 엮은 러브 코미디인 듯했다.

"어디 보자…… ── 윽."

시험 삼아 1화를 클릭하고, 즉시 현기증을 느꼈다.

"……저기요? 왜 입덧을 참는 듯한 표정을 지으시나요? 헉, 혹시 저와 선생님의 사랑의 결정을 회임하신 건가요?! 해냈네요, 드디어 선생님을 임신시키는 데 성공했어요! 저 아빠가 돼요!"

"생물 교과서 다시 읽고 와라, 우등생……."

읽고만 있는데도 머리가 어질어질하다.

무엇보다도 누구보다도 문체의 압박이 무시무시하다.

주인공은 세이카 그 자체여서 브레이크가 없다. 읽는 사람을 콱 붙들어놓은 채 수다스러운 1인칭으로 꽥꽥 소란을 떨어댄다. 평생 이 녀석이 귓가에서 재잘댄다니, 공들인 악몽이구나.

"이, 이건 정말 습작이에요! 저는 본격 대장편 판타지 작가니까요! 이렇게 누구나 쓸 수 있는 러브 코미디는 그냥 심심풀이 손풀이일 뿐! 제 작가성을 이 작품 하나로 판단하지 말아 주세요!"

"작가 다 된 것처럼 떠드는구나……."

실제로 이미 작가인 셈이지만, 그렇다 해도 말 한마디 한마디에 담긴 의식이 지나치게 높다.

그렇기에.

『누구나 쓸 수 있다』고 본인이 생각하는 것은 누구도 쓸 수 없는 법이지.

라고는 말해주지 않았다. 그런 서비스까지 해줄 이유도 없다.

케이크보다 먼저 나온 홍차를 마시며 말없이 읽어나 갔다.

"저기, 그, 이런 건, 어, 역시, 선생님께는……."

다만 세이카가 크림과 설탕을 홍차에 무한히 투입하며 자꾸만 윗눈질로 흘끔흘끔 쳐다보니,

"……그렇게 나쁘진 않은데 뭐. 적어도 도입부는 훌륭해."

솔직한 감상만은 남겨주었다.

좋든 나쁘든 문체에 특징이 있다는 점에서는 『푸른 연회』와 다를 바 없다. 하지만 빌어먹을 군더더기 자기만족

설정을 잃어버린 덕에 진입장벽이 훨씬 낮아졌다. 노도의 하이텐션 문장으로 작품세계에 가차 없이 끌려 들어가는 감각이 있다.

이곳이 서점이었다면, 서서 읽다가 깜빡하고 계산대에 가져가 버릴 정도의 임팩트는 있었다.

"그런가요?! 에헤헤, 사실은 저도 나쁘진 않다고 생각했어요!"

"그리고 캐릭터가 좋아. 천하무적인 주인공도 그렇지만, 이 여중생을 따라다니는 변태 로리콘 교사가 또 괜찮은 양념이 되고."

"에헤헤, 그렇죠그렇죠! 캐릭터 조형에는 엄청 고생했어요. 변태이기는 하지만 독자를 생각해서, 간신히 허용할 수 있는 범위에서 딱 반걸음 앞서는 정도로! 이게 제 작가성이랍니다!"

"그렇군."

손바닥을 홱 뒤집는 태도로 신이 나 떠들어대는 세이카.

드디어 찻잔에 입을 가져다 대고,

"우와, 달아~! 홍차하고 선생님은 역시 달달하고 볼 일이에요! 단 거 너무 좋아!"

완전히 들떠서는 그런 말까지 하고 앉았다.

이러니저러니 해도, 자기 자신을 좋아하는 녀석은 자신의 작품도 당연히 좋아한다. 겸손 같은 말이 어울리는 녀석은 아니니 넌 그냥 그대로 있어다오.

"그런데 세이카, 한 가지만 확인해도 되겠냐."

"네네, 뭔가요!"

"캐릭터에 대해 소박한 의문이 있다만."

"그러세요 그러세요, 전부 숨김없이 대답해드릴게요! 제가 좋아하는 선생님과 제 작품에 관한 질의응답을 나누는 건, 에헤헤, 저에게는 큰 기쁨 중 하나니까요!"

방글방글 웃는 세이카는, 객관적으로 보면 한 떨기 화사한 꽃처럼 비치겠지.

그 가련하고 천진난만한 척하는 빌어먹을 악마의 눈을 빤히 노려보았다.

『텐○ 선생』이라는 변태 로리콘 교사의 이 알 수 없는 네이밍은 어디서 왔냐."

"응? 네? 그건 한 마디도 코멘트할 수 없는데요?"

『없는데요?』는 무슨 개뿔이. 그리고 왜 네가 은근히 화를 내고 있어."

"본 안건에 관한 민사분쟁에 관해서는 미리 전속변호사에게 일임해두었으므로 향후의 답변은 서면으로 대리인을 통해 제출해주실 것을 요청드리는 바입니다."

"미리 앞질러서 소송대책 세우지 마라 죽을래?"

이 변태 로리콘『텐○ 선생』, 이름과 나이와 출신과 직업과 외견과 말투와 태도가 완전히 나다.

허락 없이 남의 개인정보를 나열하는 스타일은 집어치워라. 미시마 유키오나 위대하신 선구자 양반들에 이어 사생활 침해와 표현의 자유를 둘러싼 중요 판례를 최고재판소에서 만들게 될 거다, 짜샤.

"그딴 것보다 텐진 선생님, 본론이 있는데요."

"그딴 거라니. 지금 이 순간 이 안건이 가장 중요해."

"알았어요 알았어요, 가능한 범위에서 배려할 테니까요. 그러면 되겠죠? 나 참, 텐진 선생님은 욕심도 많아."

"왜 네가 양보하는 것처럼 구는데……."

가능한 범위가 아니라 할 수 있는 데까지 해라, 진짜로.

"그래서 오늘 텐ㅇ 선생님을 모신 이유는 말이죠!"

"현실의 호칭 바꾸지 마라. 배려하라는 건 그런 게 아니야. 발음규칙에 새로운 룰 갖다 붙이지 마."

"텐진 선생님은 그렇게 화만 내는 모습도 큐트하시네요!"

"한번 맞아야 정신을 차릴까, 이 자식……."

내가 의자 등받이에 힘없이 몸을 기대자, 타이밍을 맞춘 것처럼 세이카도 움찔움찔 플레어스커트의 옷자락을 만지작거리며 앉은 자세를 고쳤다.

"……음, 음음……."

한순간 기묘한 침묵이 찾아왔다. 내가 입을 다무니 이번에는 제대로 말도 하지 않는다. 그런 주제에 내가 말을 하면 이야기가 옆길로 새버린다.

요컨대 이 빌어먹을 악마는, 지금 엄청나게 긴장하고 있다는 뜻이다. 긴장하는 방식도 가지가지다만 이런 방식은 더할 나위 없이 귀찮다.

"……말해. 뭐 부탁할 게 있나 본데."

"초, 초능력자! 어떻게 아셨나요?!"

"왜 모르겠냐."

한숨과 함께 채근하자, 빌어먹을 악마 츠츠카쿠시 세이카는 어흠어흠 헛기침을 했다.

"사실은, 그, 이달 하순에 있을 시상식에 초대하고 싶어서요."

그리고 봉투 하나를 조용히 내민다.

때마침 도착한 치즈케이크의 틈을 찾는 듯하더니, 봉투 속의 엽서가 테이블 위에 놓였다. 연말에 개최될 파티의 안내장이다.

"이번에 웹소설 부문에서 상을 받아서, 표창과 함께 짤막한 수상 인사를 하게 됐어요. 일행이 와도 괜찮다고는 하는데, 마침 그 날 엄마 아빠가 15회차 허니문을 다녀오시게 돼서요……."

"너희 부모님 정말 금슬 좋구나……."

금슬이 좋아서 나쁠 거야 없다. 부부가 화목한 가정에서 자라난 아이는 자신도 그런 가정을 꾸리려고 한다는 통계 조사가 있다.

세이카 또한 남편에게 흠뻑 반해 그저 달콤하게 꽁냥꽁냥한 결혼생활을 보내겠지. 부부가 서로 좋아하기를 진심으로 빈다.

"그러니까 텐진 선생님, 동반자이자 제 소중한 은사로서 출판사의 파티에 참석해주실 수 있을까요?"

의자에 앉은 채 세이카가 깊이 고개를 숙였다. 튼튼한 머리와 테이블 모퉁이가 부딪쳐 빡 소리를 낼 정도의 기세였다.

긴 흑발 한 다발이 테이블보에 흘러내렸다. 붉은색과 녹색의 크리스마스 컬러 사이에 윤기 있는 전통적인 색의 강이 생겨났다.

"……파티라."

"일도 바쁘시겠지만, 부디, 제발 부디, 자비를 베풀어주십사!"

"어, 아니……."

나도 파티에는 초대를 받았거든.

그 사실을 가르쳐줄까 말까 고민하다, 결국 말하지 못했다.

"뭐…… 생각해볼게."

테이블 위에 얹힌 세이카의 머리를 바라보며 나는 애매하게 대답했다.

텐데 타로라는 필명을 밝힐지 말지는 집에서 천천히 검토해보면 된다.

어째서인지는 모르겠지만, 자신의 또 다른 직업을 이 녀석에게 밝히면 그것으로 끝장.

우리의 관계는 이 강 저편에서 두 번 다시 돌아오지 못하게 될 것 같았다.

……아니, 응. 자기 작품의 키스하고 허그하고 자빠뜨리는 히로인으로, 초등학교 5학년 러블리 엔젤 이나리 린을 모델로 삼았다는 게 탄로 나서 노가와 강 저편의 후추 형무소에서 두 번 다시 나올 수 없게 된다거나 그런 뜻이 아니고 말이지? 그건 별로 상관없다고. 진짜라고.

"그건 그렇다 쳐도, 네가 작가가 된다고……."

말을 곱씹듯 입술만으로 중얼거려본다.

정확하게는.

너'도' 작가가 된다고, 라고 말해야겠지만.

역시 어째서인지는 모르겠지만, 나와 세이카를 같은 세계에 나란히 놓는 말은 도저히 입 밖으로 낼 수 없었다.

성스러운 달에 태어난 칠흑의 아름다운 강을, 나는 건너편 기슭에서 홀로 묵묵히 바라보았다.

"……선생님?"

맞은편 자리의 중학생이 테이블에서 슬금슬금 고개를 들었다.

어딘가 불안을 머금은 눈에, 애써 고개를 가로저었다.

"아무것도 아냐. 말로 하는 게 늦었다만, 아무튼 축하해야겠지."

강사로서, 자신의 귀여운 제자에게 웃음을 지었다.

"작가로 가는 첫걸음, 축하한다."

"──고맙습니다!"

꽃이 활짝 피어나듯 세이카도 웃었다.

"여기에 만약 저의 텐진 선생님이 저의 파티에까지 와주신다면 그보다 기쁜 축하는 없을 거예요!"

"너의 나도 아니고 너만의 파티도 아니다."

"시기적으로도 마침 크리스마스 근처고 말이죠. 인생 최고의 크리스마스 선물이 될 거예요! 기뻐라, 신나라! 기세등등해서 예수님도 다시 태어나실 것 같네요!"

"네 사정에 맞춰서 맘대로 기적 일으키지 마라, 미니 사탄."

"수상 소감에는 선생님의 공적을 듬뿍 담을 테니까 가까운 곳에서 들어주시면 제 감사의 마음이 100만분의 1이라도 전해질 거예요!"

남의 말을 제대로 듣지 않고 불쑥불쑥 들이댄다. 문체와 똑같이 압박이 장난 아니다.

애초에 선물을 물건이 아니라 이벤트로 조르는 점에서, 여름의 생일 때와 비슷한 말을 들은 것도 같고 아닌 것도 같고.

언제든 어디서든 무엇이 됐든, 질리지도 않고 인생을 즐기는 녀석이다.

'인생 최고'라.

"네 인생은 온갖 것들을 최고로 만들어가는구나."

비아냥거릴 생각으로 말했더니,

"으음?"

진심으로 어리둥절해하며 세이카가 고개를 갸웃했다.

"실제로 그런걸요?"

"호오."

"인생은 당연히 언제나 상승세여야죠. 그렇지 않으면 재미없지 않아요?"

"……그렇구나. 그러게."

나는 멀거니 자신의 손을 보았다.

조금 버석거리기 시작하는, 아저씨가 되기 직전의, 개성도 없는 피부다.

세이카와 함께 시킨 치즈케이크는 내 것만 살짝 산미가 진한 듯했다.

이튿날 늦은 밤.

"이번 수상식 말인데요."

마왕과 짝퉁 용사의 슬로우 라이프 시리즈 최신간 4권의 플롯 회의를 하던 중, 나는 문득 떠오른 것처럼 물어보았다.

신주쿠 동쪽 출구에서 걸어서 2분 거리에 있는 커피 세이부였다.

창가의 테이블 자리에서, 늘 화난 듯 미간에 주름을 짓는 담당 편집자가 맞은편 자리에 앉아 있다. 회의는 늘 이 가게 이 장소에서 한다.

"웹소설 부문 수상자로 『세이카 아즈키』란 애 있잖습니까. 이거 츠츠카쿠시 세이카라는 이름의 중학교 3학년생 맞나요?"

"어어 그게 무슨 말씀인가요. 잠깐만 기다려보세요."

담당 편집자는 그녀 특유의 억양 없는 맞장구와 함께 태블릿 단말을 조작하더니, 전혀 놀라지 않는 듯한 목소리로 말했다.

"이거 놀라워라. 올해의 메인수상자 둘 중 하나네."

"……둘?"

"앗 아뇨 혼잣말이에요. 죄송합니다. 세이카선생님은 어디서 알게 되셨나요."

"얘기하면 길어지는데……."

나는 요점만 집어 이번 이야기를 설명했다.

학원의 제자라는 것, 수상식에 동반자로 초대받았다는 것, 텐데 타로라는 필명을 밝힐지 말지 고민한다는 것 등등.

"말해야 할까요, 숨겨야 할까요. 어떻게 생각하세요?"

"그렇군요. 매우 어려운 문제네요."

담당자는 참으로 무난하게 대답했다.

나도 딱히 알맹이가 있는 대답을 기대한 것은 아니다.

다만 내가 라이트노벨 작가라는 것, 그러면서 학원 강사를 한다는 것, 그리고 세이카가 상을 받는다는 것. 현재 시점에서 이 모든 사실을 파악하고 있는 사람이, 별로 친하지도 않은 이 제4대 담당 편집자 말고는 없었을 뿐이다.

"나란히 파티에 참석한다면, 당연히 제가 텐데 타로라는 건 세이카에게도 전해지겠죠. 초대를 거절하고 지금 이대로 갈지, 같은 업계의 낯모르는 사람으로 참가해 그 녀석의 소감을 몰래 들을지, 둘 중 하나가 될 것 같은데요."

말하면서 살짝 혀를 찼다.

애초에 정체를 밝히면 끝날 일 아닐까요?

그런 대답을 들어도 할 말이 없다. 내가 남이었다면 그랬을 것이다.

왜 세이카에게, 내가 같은 라이트노벨 작가라는 사실을 밝히기 어려운가. 이 미묘한 망설임의 감각을 공유하지 못하는 한, 누구에게 의논해도 소용없는 일이다.

하지만.

"텐데 선생님께서 고민하시는 건 파티에 참석해 소감을 듣고 싶으시다는 마음이 강하기 때문이군요."

"……응?"

"누구에게도 의논하지 않고 넘어가는 게 가장 간단한데도 그러지 않으셨다는 것은 다시 말해 그런 뜻이라고 판단했는데 아닐까요."

담당자는 섬세한 문제는 직접적으로 건드리지 않고 담담히 말했다.

"그런가……? 뭐, 그럴지도 모르겠지만요……."

"그렇다면 제게 맡겨주세요."

억양 없는 목소리와는 달리 매우 힘찬 말이었다. 나는 담당자를 다시 쳐다보았다.

"텐데 선생님께서 그 아이에게 앞으로 어떤 대응을 취하실지는 둘째치고, 파티는 저희가 책임지고 잘 수습되도록 처리하고 물밑작업도 마쳐 놓을 테니 안심하고 참석해주세요."

"그래주신다면…… 하지만, 폐가 되지 않을까요?"

"작가 선생님들은 레이블의 재산이니 소중히 여기는 게 당연하죠."

담당자는 한순간 시선을 피하듯 아래를 보았다.

그리고 입을 꾹 다물더니, 신중하게 살피듯 나를 바라보았다.

"편집자로서도 개인적으로도 텐데 선생님은 좋아하는 작가라 의논해주시는 게 기뻐요. 고맙습니다."

생각해보면, 이렇게 제대로 눈을 마주친 것은 처음 있는 일이었다.

시베리안 허스키 같은 머리카락에 특징적인 눈썹, 항상 험악한 눈초리. 편집자라는 생물은 남녀를 불문하고 대개 캐주얼한 복장을 즐겨 입지만, 그녀는 늘 빈틈없는 분위기를 풍긴다.

함부로 대하기 어려운 분위기는 비즈니스맨의 강점이라

고 생각했는데, 오늘만은 요령이 없는 성품의 발로인 것만 같았다.

비즈니스적인 관계라고 생각했지만, 상당히 괜찮은 사람 아닌가.

나는 담당 편집자의 가치를 잘못 가늠하고 있었는지도 모른다.

"저야말로, 정말 고맙습니다. 시베리 씨. 잘 부탁드립니다."

테이블 위에 있던 그녀의 손바닥을 나도 모르게 꼭 쥐었다.

"앗⋯⋯."

담당 시베리는 나를 바라본 채 눈을 몇 번이나 깜빡였다.

손가락을 딱딱하게 굳히더니, 차츰 슬금슬금 힘을 빼고는 살짝 마주 쥔다.

"저저저기 그런데 지금 문득 생각이 났는데요. 최근 우연히 마왕을 소재로 한 뮤지컬의 재공연 티켓을 입수했는데 이거 정말 평판이 좋다고 해서 업무에 참고가 될 거라 생각하는데 만약 시간이 되신다면 저기 어 다음번에⋯⋯."

"네, 부디, 다음에 꼭 같이 가고 싶습니다."

"앗앗앗."

시베리는 다시 요란하게 눈을 깜빡이더니,

"텐데 선생님, 저기 그러니까 4권 함께 열심히 만들어봐요. 기대하고 있습니다!"

처음으로, 눈가를 부드러운 모양으로 만들며 웃었다.

아마도 나이에 어울리는, 나보다도 훨씬 어린 미소일 거라는 생각이 들었다.

📖

이리하여 후환은 사라졌다.

나는 두 다리 쭉 뻗고 잔 다음 일어나 세이카에게 수상식에 참석하겠다는 뜻을 밝히고 세이카는 기뻐하고 밤에는 학원 강사로서 일하고 아침까지 라이트노벨 원고를 쓰고 일하고 짬짬이 제자를 챙겨주고 자고 일어나 일하고 챙겨주고 자고 일어나 일하고 챙겨주고 자고 일어나 일하고 챙겨주고 자고 일어나 일하고 챙겨주고 자고 일어나 일하고 챙겨주고 자고 일어나 일하고 챙겨주고 자고 일어나 일하고 챙겨주고 자고 일어나 일하고, 세월은 백대지과객(百代之過客)과도 같이 쏜살같이 흘러가……

정신이 들고 보니 파티 당일이 되었다.

📖

올해의 파티장은 도쿄 분쿄 구에 있는 『친잔소』였다.

유서 깊은 일본식 정원에 인접한 국내 최고급 호텔이다.

매년 장기계 최고봉의 타이틀전이 개최될 정도로 격식이 있으며, 어지간한 샐러리맨은 쉽게 묵어갈 수도 없다. 나도 장기 기사가 되어 용왕이 하는 일을 해보고만 싶어 하던 인생이었다.

그랬는데 1년에 한 번이라고는 해도 출판사의 돈으로 그랜드 홀을 대절해 뷔페를 즐길 수 있게 된 것이다. 파티가 라이트노벨 작가들의 오락이 되는 것도 수긍이 간다.

물론 나도 기분이 들뜨지 않은 것은 아니다. 초등학생의 생일 파티 다음으로 즐겁다고.

"······좀 일찍 왔나?"

개장 시간인 18시 전에 친잔소의 로비는 이미 같은 업계 사람들로 넘쳐났다.

아무리 사회의 이면을 살아가는 자들이라도, 아니, 오히려 사회의 이면을 살아가는 자들이기에 이런 귀중한 기회에 정장이며 재킷을 골라 입게 되는 것은 인간이기 때문일까.

대량의 검은색과 이따금 보이는 갈색이며 붉은색이며 핑크색이 몇 겹으로 줄을 지어 서 있다.

로비 한쪽에 마련된 전용 접수대에서 신분증명서 대신 안내장 봉투를 내밀고 자신의 명찰을 받는 것이다.

"앗 늘 노고가 많으십니다. 텐데 선생님."

북적거리는 인파 속에서 시베리가 나를 발견하고 종종

걸음으로 다가왔다. 그녀도 평소 보지 못하던 정장 차림이었다.

그리고 바쁘게 인사를 마치자마자 "앗앗 잠시만 기다려주세요."라는 말을 남기고는 유턴했다.

혼자 남아버린 나.

파티에서 편집자는 엄청나게 바쁘다. 인사해야만 하는 사람이 너무 많기 때문이다. 눈앞의 고급 요리를 먹는 것조차 당연하다는 듯이 금지된다고 들었다. 전생에서 무슨 악덕을 쌓았기에. 아멘.

그들의 영혼이 안식을 찾기를 기도하고 있으려니 시베리가 다시 종종걸음으로 돌아왔다.

"전에 말씀하신 그 건은 빈틈없이 처리했으니 안심하세요."

소곤소곤, 역적모의라도 하듯 귀엣말을 하였다.

'그 건'이란 물론 얼마 전의 의논을 말한다.

『야한 일이 주특기인 선생님이 나를 협박하는 건에 대해!』로 수상한 신인의 동반자 『텐진 선생님』과, 원래 MF 문고 J에서 작품을 쓰고 있는 『텐데 타로』가 충돌해버리는 문제였다.

세이카는 수상식의 리허설이 있다나 해서 먼저 수상자용 대기실에 가 있다. 파티가 시작된 후에 식장에서 만날 예정이다.

나와 그 녀석이 맞닥뜨리기 전에 시베리가 잘 처리해준

모양이다. 무슨 방법을 썼는지는 몰라도, 역시 편집자는 신뢰할 만한 사람으로 두고 볼 일이다.

우수한 담당자를 얻으면 작가 인생 이지 모드지, 으하하!

"텐데 선생님, 오늘은 이걸 착용해주세요."

접수대에서 가져와 주었는지, 시베리가 명찰을 내밀었다.

그것을 가슴에 착용하려다 말고 나는 눈을 비볐다.

예년과 달리 명찰에 펜네임이 적혀 있지 않았다.

그 대신.

『텐○ 선생님

【↑야한 일이 주특기!】』

라고 인쇄되어 있었다.

"……저기요, 시베리 씨."

"앗 네 어떠신가요."

"나 이런 이름으로 파티에 참가하는 거예요?"

"앗 네 맞아요. 두 가지 이름의 최대 공약수를 취해봤어요."

똑똑한 시베리안 허스키가 날카로운 눈빛으로 강하게 고개를 끄덕였다.

그렇구나. 일부러 펜네임을 가리면서 수상작의 타이틀도 중략했단 말이지?

『텐데 타로』라는 야한 라이트노벨 작가라고 해도 되고,

동반자 겸 등장인물의 모델로 여겨질 수도 있다는 생각이군?

이거야말로 솔로몬의 판결……이라고 할 줄 알았냐 바보야!

"해결 방법이 너무하지 않아요?!"

"관계부처에는 협상해두었으니 문제없을 거예요. 오늘 하루는 텐○선생님으로 지내시면서 세이카 선생님의 눈을 피하도록 하죠. 만에 하나 누군가가 『텐데 선생님』이라고 부르더라도 머리글자가 같으니 선생님의 임기응변으로 어떻게든 넘어갈 수 있지 않을까요."

"넘어가긴 뭘 넘어가, 명찰부터 이미 대형사고인데요."

"작가는 출판사의 재산이니 다들 따뜻하게 받아들여 주실 거예요."

"내 명예를 제로로 만들면서까지 팔아서 쌓은 재산이잖아, 그거."

"앗앗 머리에는 하지 마세요. 머리는 안 돼요, 앗앗."

인생을 하드모드로 만들어버린 천연산 얼빵이 시베리안 허스키를 덜컥덜컥 흔들고 있으려니,

"어, 어어, 타로. 무슨 일이야?"

뒤에서 누군가가 말을 걸었다.

좋은 환경에서 자라났을 것 같은, 산뜻한 맞춤 정장을 빼입은 동안의 청년.

『사장』이었다.

나의 동기다. 데뷔한 곳은 암리타 문고지만 이 출판사를 포함해 다수의 레이블에서 새로운 작품을 시작하고 있다. 니시신주쿠의 타워 아파트에 작업장을 빌려, 여름부터 지속적으로 세이카의 스터디 모임을 받아주고 있다. 진심으로 감사하다.

사장은 내 명찰을 흘끔 보더니,

"그러고 보니 들었어. 츠츠카쿠시 양……이 아니지. 세이카 아즈키 선생님 수상 축하해."

"……아?"

"어쩐지 감개무량한걸. 나도 관계자인 셈이고."

무시무시할 정도로 선량한 미소를 지었다.

나도 모르게 노기가 빠져나가고 말았다. 앗앗 소리를 내며 버둥거리던 시베리안 허스키를 놓아주고, 나는 다시 한 번 자신의 가슴께를 가리켰다.

"……야, 넌 이 명찰 어떻게 생각하냐?"

"어떻다니, 별로 상관없지 않을까? 야, 약간 장난이 심한 것도 같지만."

살짝 얼굴을 붉히며 사장은 빠른 어조로 말했다. 자기가 쓰는 러브 코미디의 묘사에는 금세 트랜스 상태에 빠지는 주제에, 언제나 남이 건네는 야한 이야기는 질색하는 녀석이다.

"끄응, 그래……?"

씁쓸한 표정으로 명찰을 만지작거렸다.

듣고 보니 정말로, 출판사에서 마련해준 명찰을 직접 만든 멋진 명찰로 바꾸거나, 장난으로 낙서를 덧붙인 녀석들도 드문드문 보였다. 여흥의 범주인 거겠지.

간판 작가나 거래처, VIP 심사위원들이라면 이야기가 다르다. 신인 작가가 명찰을 보고 인사하러 와야 하니까. 하지만 유감스럽게도 나는 그쪽 사람이 아니다.

자신의 수상식도 포함해 6번째 파티쯤 되면 이야기를 나눌 멤버는 정해진다. 지금이라면 명찰 없이는 누군지도 모를 사람들과 교류할 일도 없다.

"앗 저기 혹시 저기 불만이 있으시다면 플랜B로 할까요."

"왜 이걸 플랜 A로 한 거냐고요……. B는 뭐예요?"

"파티 개인기용 인형탈을 준비해뒀으니 그걸 착용하시면 선생님의 얼굴은 아무도 모른 채 넘어갈 수 있죠. 문제는 선생님 자신도 보거나 듣지 못한다는 거지만요."

"그렇구나, A로 가죠! 열심히 생각해주셔서 고맙습니다!"

한껏 머리를 쥐어짜 낸 시베리안 허스키의 머리를 한껏 쓰다듬어주었다. 잘했어.

"앗앗앗앗?!"

바둥거리는 똑똑한 멍멍이 편집자를 내버려 두고, 나는 사장에게 고개를 끄덕였다.

"기다리게 해서 미안. 가보자."

슬슬 식이 시작될 시간이다. 그랜드 홀을 향해 걸으며 가슴의 명찰을 손가락으로 튕겼다.

결국은── 내가 너무 예민했던 거겠지.

나 같은 포지션을 누군가가 주목하다니, 그런 일이 있을 리가.

그리고 파티가 시작되었다.

개회사가 끝나고, 수상자들의 표창과 수상자 소감이 있었다.

세이카의 소감은 영원한 지옥의 고통에 필적하는 공개 처형이었다. 완전 주목받았다. 저놈 악마냐고. 맞아, 빌어먹을 악마였지. 빌어먹을.

이제 두 번 다시 파티에는 안 나온다. 나올 수 없다, 집에서 안 나갈 거니까! 하고 히키코모리 3원칙의 맹세를 마음에 단단히 새기며 주먹도 단단히 쥐고 있으려니 오종종 뛰어오는 발소리가 들렸다.

한껏 들뜬 분위기, 달아오른 숨소리. 보지 않아도 알 수 있다.

"텐~ 진~ 선생님~♡"

닥쳐. 그리고 장래적으로 죽어줘! 라는 마음을 담아 돌아보며 날린 크로스 카운터는 어이없이 허공을 가르고, 추정 중량 40킬로그램 이하의 보디프레스가 직격.

"오늘 정말 잘 와주셨어요!"

수상자 수감을 끝내서 할 일을 마친 세이카가 내 가슴에 온 힘을 다해 얹혔다.

화려한 샹들리에 아래, 털이 긴 레드카펫 위. 세상의 봄을 만끽한 만족 만점 만면의 웃음이었다.

"너, 진짜, 브레이크가 없냐……!"

비틀거리면서도 발을 디뎌 어떻게든 쓰러지는 것을 거부하고, 온 힘을 다해 내팽개쳤다.

머리를 눌리면서도 세이카는 방글방글 웃고 있었다.

"마벨러스하고 글래머러스하고 패뷸러스한 세이카의 데인저러스 스피치 잘 들으셨나요!"

"데인저러스는 자각하고 있었냐. 이거 죽일 수밖에 없겠구만."

"텐진 선생님은 정장이 쓰리피스라 평소보다도 스마트하시네요!"

"……잘도 알아봤네."

평소의 정장은 직업상 분필 가루가 묻기 때문에, 아무래도 파티 전용인 옛날 정장을 꺼낼 수밖에 없었다.

"참고로 저는 어떤가요, 저는! 마벨러스하고 글래머러스하고 패뷸러스한 저의 이 드레스!"

세이카는 으쓱으쓱하며 몸을 앞으로 내밀었다.

루비 레드 컬러의 칵테일 드레스는 가슴께가 쫙 벌어졌

으며 광채를 뿜는 목걸이가 훈장처럼 여린 피부를 강조하고 있었다. 의상과의 사이에 태어난 비극적 공간을 통해 무언가가 엿보이려 할 때마다 나는 슬쩍 어깨를 눌러 자세를 고쳐주었다.

"넌 어딜 봐도 글래머러스는 아니잖냐. 슬픈 거짓말 섞어 넣기 전에 포즈나 조심해."

"『거짓말을 섞어 넣는다』고 하셨나요? 어라, 어라어라."

살짝 화장을 한 세이카가 나를 윗눈질로 바라보았다.

공연히 소악마틱한 각도로 입가가 씨이익 치켜 올라간다.

"……뭔데. 무슨 말을 하고 싶은데."

"섞어 넣었다는 건 진실과 거짓말이 모두 있다는 뜻이네. 다시 말해 제가 마벨러스하고 패뷸러스하다는 건 인정해주신다는 뜻?"

"아앙?"

"일부러 고르기 힘든 키워드를 제시해서 진짜로 원하는 칭찬을 쟁취하는 것. 후후후, 이것이 교섭의 테크닉이랍니다. 역시 저는 똑똑하죠, 텐진 선생님도 홀딱 반하겠죠!"

"그렇구만. 과연 천재 빨래판 짜리몽땅 중학생다워."

"그렇죠, 그렇죠. 더 칭찬해주세요! 이 신진기예 천재 미소녀 빨래, 판, 짜리……몽, 땅……?"

세이카는 끄덕끄덕 고개를 움직이며 말을 반추하더니.

자신의 밋밋한 평원을 내려다보고, 홱 시선을 쳐들었다.

"뭐어어어어라고요?! 미리 말씀드리겠지만 또래 중에서는 글래머러스한 축에 속하거든요?! 엄마에게 물려받은 울트라 다이너마이트 보디란 말이에요! 썩은 생선 눈 활짝 뜨고 이 볼류미 크리미한 가슴을 잘 보시라구요!!"

"하지마 붙지마 떨어져. 나까지 머리 이상한 사람인 줄 알겠다."

"자, 자자! 종합적으로는 마벨러스하고 글래머러스하고 패뷸러스하죠?! 이 중에 한 문구라도 빼놓으면 설령 하느님이 용서해도 제가 황천길까지 쫓아가서 용서하지 않을 거예요!"

"털끝만큼도 교섭의 여지가 없잖냐……."

욕망덩어리 칭찬 집착쟁이 마인은 몇 번을 밀어내도 무한의 칭찬을 요구한다.

이 집착, 평소 같았으면 통에 집어넣고 뚜껑을 봉해 태평양에 던져버렸겠지만, 오늘은 조금, 아주 조금, 세이카의 마음을 이해하지 못할 것도 없었다.

아무리 떠들썩한 자리라 해도, 주위의 눈빛을 보고, 싫어도 이해할 수 있었다.

"……봐. 쟤야, 쟤."

"쟤가 올해의 『화제』 중 하나란 말이지."

"MF 문고도 과감하네."

반드시 화제의 중심에 오르는 것은 레이블 사상 첫 여중생 수상이라는 이변이다.

그것은 반드시 호의적인 것만은 아니다.

"아쿠타가와 상*에 개그맨이나 탤런트가 쓴 책이 뽑히는 거나 마찬가지지. 출판 불황 시대라 조금이라도 화제를 모으고 싶은 거야."

조금 떨어진 테이블에서 베테랑 행세를 하는 작가가 목소리를 높여 말한다.

뷔페 형식의 요리를 돼지처럼 게걸스레 먹으며 일동이 동조하듯 웃었다. 제공된 맥주를 벌컥벌컥 마시다 주위를 신경 쓰지 않게 됐는지 목소리의 음량에는 배려가 없었으며, 웃음소리는 지독히도 천박했다.

"──저, 저는, 그런 식으로 말씀하시는 건 그다지······."

거기에 조용한 목소리가 섞였다.

"소설은 소설대로 평가해야죠. 읽어보기 전에는 뭐라고 할 수 없어요."

사장이다.

사교적이라 누구에게나 사랑받는 그는 그렇게 말하며 조용히 웃었다.

"······신작이 잘 나가서 계속 증쇄 찍는 사람은 말하는 것도 다르구만."

조금 전의 베테랑이 사장의 얼굴을 보며 언짢은 투로 입

---

* 소설가 아쿠타가와 류노스케의 업적을 기려 만든, 일본 순수문학계 최고 권위의 신인상이다.

을 다물었다.

다소 가시 돋친 침묵이 찾아왔을 때.

"『야한 일 어쩌고』, 지금은 지워졌지만, 전에 인터넷에서 읽었는데."

비교적 젊은 남자가 끼어들었다.

"미안하지만 중간에 포기했어. 무슨 소린지 하나도 모르겠더라. 진짜 읽기 힘들어."

"신인들한테 흔한 일이지."

다른 작가들이 기회를 놓칠세라 고개를 끄덕였다.

"라이트노벨이란 건 말야, 술술 읽혀야지."

"독자들이 원하는 건 거창한 문장이 아니라고. 2시간 정도면 읽을 수 있는 오락거리니까."

"아무도 남의 얘기에는 관심이 없어."

그 말에.

"······그런 것보다 디저트 가지러 가죠, 네?"

애매하게 미소 짓던 사장이 부정하는 말을 건네는 일은 없었다.

──사장은, 옳다.

작가가 된다는 것은 이유 없는 시기나 질투에도, 이유 **있는** 비판과 비난에도 끊임없이 시달린다는 것을 의미한다.

이것은 세이카가 처음으로 경험하는 어웨이 경기다.

그리고 앞으로도 계속 싸워나가야만 한다.

"그래서 저기, 어, 맞아맞아, 제 담당 편집자님하고 만나보시지 않겠어요?! 다른 사람도 아닌 바로 제가 직접 소개해드릴게요!"

식장 곳곳에서 같은 종류의 이야기가 100만 마디는 들려왔을 것이다.

왁자지껄 하이텐션으로 내 손을 잡아당기는 세이카. 하지만 그녀의 몸이 비굴할 정도로 굳어버린 것을 알 수 있었다.

"……그리고요 선생님, 크리스마스니까요, 한 가지 더 졸라도 될까요?"

"파티에 오는 게 선물 아니었냐…… 뭔데?"

"지금 당장. 제게. 염원하던 프로 작가 데뷔를 화려하게 마친 대단한 저에게!"

그녀의 다리는 어디로도 움직이지 않았다. 사람을 잡아당기는 시늉을 하면서, 바닥없는 늪으로 가라앉는 불쌍한 새끼고양이처럼, 나에게 단단히 매달려 있었다.

"아주아주 말랑말랑한…… 말랑하기만 한, 다정한 코멘트를 주실 수, 없을까요?"

"……네 머리는 언제나 해피 크리스마스구나."

"크리스마스와 엮으신 건가요. 에잇, 80점! 합격!"

"채점까지 물렁하네……."

무슨 일에나 빛과 그림자가 있다.

아무리 좋은 일에도, 그것은 세트로 존재한다.

샹들리에의 빛을 받는 세이카의 가녀린 어깨를 톡톡 두드렸다.

"……야, 세이카. 작가 친구한테 들은 얘기인데 말야."

"네?"

"좋은 편집자와 나쁜 편집자 구분하는 법 알아?"

세이카는 당혹스러운 듯 고개를 가로저었다.

"나쁜 편집자란 것들은 세상에 하늘의 별만큼 많지만, 좋은 편집자의 패턴은 하나밖에 없어. 작가의 재능을 믿고, 어느 때에도 함께 싸워주는 거야."

그러니까.

나는 편집자가 아니지만, 그래도――.

"다음에도, 재미있는 걸 읽게 해줘. 넌 천재니까."

"――! 네……."

세이카는 번쩍 고개를 들고는, 갑자기 눈썹을 늘어뜨리더니.

천천히 곱씹듯, 입술을 꾹 다물었다.

처음 보는 화장 탓도 있었겠지만, 그 얼굴은 다른 사람처럼 어른스러워서―― 미인이구나, 하는 생각을 문득 해버렸다.

"선생님, 저요, 무슨 일이 있어도 온 힘을 다해 싸우고 또 싸울 거예요."

나를 올려다보며, 세이카는 맹세의 의식처럼 자신의 가

습을 꼭 쥐었다.

"그래."

"쓰고 쓰고 또 써서—— 텐진 선생님의 거시기한 성벽을 언젠가 바꿔놓도록 최선을 다 할 거예요!"

"왜냐고."

……아니 진짜 왜? 지금 그렇게 찬물을 끼얹을 필요가 있었나요?

세이카는 완전히 평소의 빌어먹을 웃음으로 돌아와선, 내 가슴팍에 문질문질 부비부비, 어리광을 부리는 새끼고 양이처럼 머리를 비벼대고는,

"제일 가까운 곳에서 지켜봐 주세요. 야한 일이 특기인 나의 로리콘 선생님!"

이 자식 진짜, 한번 혼쭐이 나봐야 정신을 차리려나.

잠시 후 사장이 조심스럽게 다가왔다.

"여, 여어. 잠깐 인사 좀 해도 될까?"

"어머, 사장님 아니세요! 오랜만이에요!"

세이카도 얼굴을 활짝 펴고 새침 모드로 전환했다. 요즘은 우리를 흉내 내서 애칭으로 부르고 있는 것이다. 그 인사 완전 변두리 술집 마담 같으니까 너무 아양 떨지 말아다오.

"텐진 선생님, 그 말투. 혹시 질투하시는…… 어머나 몰라! 독점욕도 강하셔! 전 선생님 일편단심인걸요!"

"그 빌어먹을 입을 마춰 없이 꿰매줄까?"

"어떻게 그런 대담한 입맞춤 예고를, 으브브븝?!"

우리가 와자지껄 떠들고 있으려니 사장은 난처한 듯 웃었다.

"어, 언제 봐도 사이가 좋네, 너희는……."

"너 안경 바꿔라."

"진심으로 그렇게 생각하는 게 타로다워. 좋겠다, 떠들썩한 연하 여자아이. 개인적인 시간에는 열심히 날 챙겨주고…… 집에서 공부 가르쳐준 답례라고 청소니 요리 같은 것도 해주고…… 겹쳐지는 손, 두근거리는 가슴…… 아찔한 제자 로맨스, 꿈이 펼쳐지는 중학생 월드……."

트랜스 상태로 정평이 난 이 도련님은 우리에게서 살짝 시선을 돌리고는 공상세계와 놀기 시작했다. 그러고 보니 이 녀석은 온갖 타입의 여성을 묘하게 신격화하는 경향이 있었지. 이 빌어먹을 악마가 날 챙겨주는 날은 영원히 찾아오지 않을 거다만?

"……조, 좋아! 남은 남, 나는 나!"

사장은 마음을 다잡듯 한 차례 헛기침을 하고는,

"세이카 선생님, 이번 수상 축하드립니다."

허리를 꺾어 인사했다.

"으아아, 일어나세요! 고맙습니다!"

세이카도 용수철처럼 디요용 허리를 쭉 펴며 격식을 차리는 자세를 취했다.

"존경하는 사장 선생님께서 축하해주시니 감사 감격입니다! 늘 작업장에 실례해서 죄송합니다! 매우 많은 공부가 되고 있습니다!"

"아, 아냐아냐. 수상작 간행은 다음 달이었지? 기대되는걸."

"영광입니다! 괜찮으시다면 증정본을 드리겠습니다!"

세이카도 다시 고개를 깊이 숙이더니, 그 자세로 주위를 두리번거렸다.

"또 한 분, 그, 머리 긴 선생님께도 인사를 드리고 싶었는데…… 오늘은 안 오셨나요?"

나와 사장의 동기 『매장사』를 말하는 것이다. 허스키 보이스의 독설가로, 울린 여자의 수는 헤아릴 수 없을 정도. 야마카와 문고에서 쓰고 있는 작품이 애니로 만들어질 예정이라고 한다.

데뷔 레이블이기도 한 야마카와 문고는 이곳의 계열 레이블은 아니지만, 만화판을 비롯해 소소한 일을 하는 관계로 매년 초대를 받곤 한다.

"그러고 보니 그 녀석 오늘 안 보이네."

"……으음— 타로는 몰라?"

"응. 이벤트 시즌이니, 또 여자랑 놀러 나갔나?"

"아, 아닐걸……."

사장의 낯빛이 흐려졌다. 흘끔 주위의 눈치를 살피더니 목소리를 낮추었다.

"매장사가, 잘 안 풀리고 있다고 들었는데."

"잘 안 풀리다니? 뭐가——"

덩달아 나도 허리를 낮추었다. 사장과 이마를 맞대고 이야기를 나누려 했지만—— 펑펑펑 등을 두드리는 녀석이 있었다.

"선생님! 텐진 선생님!"

"……왜?"

세이카가 너무 시끄럽게 소란을 떨어대는 바람에 짜증을 내며 돌아보니,

"구하라—— 그러면 얻을 것이니라——."

순례의 줄이 있었다.

파티장 중앙에서, 크리스마스에 신을 찾는 새끼 양의 무리.

그 종착점에 앉은 것은 또 한 명의 여중생이었다.

골고다 언덕의 메시아처럼, 야야야 야야가 두 팔을 부드럽게 벌리고 있었다.

"예, 아, 어, 저는, 작년에 데뷔한 시시한 글쟁이인데……."

"알고 있답니다——. 오늘 밤 그대의 죄를 모두 사하겠습니다——."

"예, 아, 잘 부탁드립니다!"

인사와 명함 교환을 바라는 자들의 눈은 모두 요사스럽게 번쩍거렸다.

"원치 않는 러브코미디를 쓰고 말았다고요? 그렇군요, 용서합니다——. 늘 마감을 어긴다고요? 그렇군요, 용서합니다——. 전작의 히로인을 안이하게 등장시켰어요? 그렇군요, 용서합니다——. 초등학생이 좋다고요? 그렇군요, 용서합니다——."

중견 작가며 베테랑 작가들이 저마다 자신의 죄를 고백하면, 신을 방불케 하는 여중생이 미소를 지으며 받아주고 있었다.

작가라면 누구나 사연 하나쯤은 가지고 있는 법이다.

인간이라면 누구나 용서를 받고 싶어 하는 법이다.

"고고, 고, 고맙습니다, 야야 님⋯⋯."

도취된 표정으로, 일동은 어디서 갑자기 툭 튀어나온 신에게 공손히 고개를 조아린다.

우리는 신흥종교가 만들어지는 리얼한 과정을 보고 있는지도 모른다.

"⋯⋯쟤, 저보다 훨씬 추앙받고 있는 것 같은데요? 저랑 뭐가 다른 걸까요."

"우선 상의 부문이 다르지. 그리고 스타일."

"으음, 부문이라⋯⋯ 지금 뭐라고 하셨나요? 저기요? 텐진 선생님?"

불만스러운 듯 입술을 비죽거리는 세이카도 마음속으로는 이해했을 것이다.

종교적인 요소를 제외하더라도, 취급의 차이는 어쩔 수 없다.

츠츠카쿠시 세이카와, 야야야 야야.

올해의 여중생 더블 수상. 그러나.

——격은, 완전히 달랐다.

세이카가 받은 것은 소설 투고 사이트에서 정기적으로 책을 내기 위해 마련된 상이다. 한 편집자의 맹렬한 추천으로 간신히 우수상을 받았다지만, 소문으로는 선발 과정에서 엄청난 마찰이 있었다고 한다. 수상 자체에 반대하는 목소리도 많았다나.

반면 야야야 야야는 본류 중의 본류, MF 문고 J 라이트노벨 신인상 대상 수상자다. 대상은 몇 년에 한 번밖에 나오지 않으며, 상금도 300만 엔으로 업계 최고봉을 자랑한다. 다음 달 간행 때는 레이블의 위신을 걸고 온갖 선전 방법으로 홍보할 것이다.

옆에서는 지금도 담당 편집자가 시중을 들듯 충실하게 따라다닌다. 날카로운 눈을 한 시베리안 허스키, 시베리다. 나와 야야야는 담당이 같은 모양이다.

세이카 쪽의 담당 편집자는 서포트 업무에 의미를 두지 않는지 어떤지 모르겠지만, 상당히 방치해두고 있었다.

같은 달, 같은 날 발매되는 같은 신인으로서, 조금 불쌍하게 느껴질 정도였다.

"흠흠, 냉정하게 비교해보니 저의 현실적인 위치가 잘 보이는걸요."

세이카는 한 차례 고개를 끄덕이더니,

"아무래도 여기까지는 호각! 승부는 이제부터네요!"

"너한테는 다른 세계가 보이나보다……."

"그치만 제 옆에는 텐진 선생님이 계시는걸요! 1+1은 2가 아니에요, 20,000이죠! 1억 배라고요, 1억 배! 이겼군, 크하하!"

으쓱으쓱 가슴을 편다.

이런 긍정맨 세이카식 계산은 솔직히 마음에 들고, 솔직히 패주고 싶어진다. 엄밀히 말하자면 7대 3의 비율로 패고 싶다.

"……뭐, 승부는 이제부터란 건 틀린 말이 아니지."

나는 두 수상자를 흘끔 비교해보았다.

한쪽은 파티장 한구석에서 미래를 다짐하는 빌어먹을 악마, 한쪽은 모두의 한가운데에서 추앙을 받는 야야 신.

신과 악마의 거리가 가까운지 먼지는 잘 모르겠지만, 적어도 동기이며 같은 중학생이다.

세이카는 알기 쉬운 목표가 있어야 성장하는 타입이겠지——라고 생각했을 때, 새끼양의 순례 대열 사이를 가르고, 신이 살짝 고개를 움직였다.

"——……."

나를 보고 있다.

수상자 소감 때도 느꼈던 그것이다. 의미심장한 듯 흘려 보며, 입술을 살짝 벌린다. 거기서 흘러나온 말은 애석하게도 여기까지는 들리지 않는다.

그래도 등줄기가 선뜩해졌다. 대체 뭐냐고.

"——으그그극, 그극, 그그극······."

"······응?"

"보, 보셨나요, 텐진 선생님! 저 도발적인 눈!"

옆에서 세이카가 발을 동동 굴렀다. 이 녀석은 드레스를 입어도 하이힐을 신어도 행동이 전혀 달라지지 않는구나. 예쁜 옷도 소용이 없네.

"쟤가 선전포고하듯 저를 흘끔거렸어요! 언제든 덤비십시오, 나의 피조물이여—— 하고 여유작작하게 말했어요!"

"······아닐걸."

"저도 사실은 현실을 알고 있어요. 하지만 여기서 물러나면 여자가 아니죠! 남자는 애교, 여자는 배짱, 저는 풍만! 상대로 부족함이 없네요!"

한번 지레짐작하면 맹진저돌. 대평원(大平原) 몸매인 세이카는 완전히 신을 록 온하고 눈을 이글이글 불태웠다. 자기암시가 굉장하다.

"확실히 상금은 다르지만요! 독자의 압도적 지지로 박살을 내버릴 거라고요!"

"겸손해진 것 같으면서 딱히 하나도 겸손하지 않구나."

"저랑 텐진 선생님 둘한테 걸리면 초전박살! 우리는 둘이 하나! 평생 계약으로 승리의 길을 달려 나가는 거예요!"

"거부권 없는 계약제도는 인신매매의 우려가 있다만……."

나는 절절히 말했다.

옆에서는 사장이 느긋한 웃음을 짓고 있었다.

"진정해. 타로도 너무 한쪽 편만 들면 저쪽이 불쌍하잖아."

"편을 들 마음은 털끝만큼도 없는데…… 너까지 대등하다는 소릴 하냐?"

"대등하지 않아? 오히려 오라만으로 말하면 세이카 선생님이 더 강한데."

"뭐어어?"

나도 모르게 괴상한 목소리를 내고 말았다. 너 본격적으로 안경 맞춰야겠다.

"넌 야야야 선생한테 오라를 느꼈어?"

사장은 태평하게 고개를 갸웃했다.

"그런가. 타로가 그렇다면 아마 그럴지도 모르지."

"어째 말하는 게 의미심장하다?"

"아니아니, 아니아니아니. 난 두 사람 작품을 하나도 못 봤으니까. 난 정말로 모르겠어. 간행되면 꼭 읽어볼게."

다툼을 피하려는 듯, 좋은 환경에서 자라난 것 같은 청년이 미소를 짓는다.

"……그러냐."

그야 저쪽이 쓴 건 나도 아직 안 읽었지만.

오라에 대해서는, 누구나 저 중학생에게 무언가를 느꼈기에, 이 자리에 성지순례와 신흥종교가 발생했겠지.

사장은 주특기인 러브 코미디 시추에이션 망상에 바빠 두 사람의 소감도 제대로 못 들었던 것 아닐까.

2시간의 파티가 끝나면 삼삼오오 흩어져 2차 모임을 가지게 된다.

클로크룸 앞의 장사진에 합류하면서 세이카는 몇 번이나 인사를 했다.

"오늘은 와주셔서 정말 고맙습니다. 저는 편집자님이 부르셔서요."

"그러냐. 난 집에 간다."

"하지만 선생님이 정 뭐라고 하시면! 그쪽을 거절하고 저랑 선생님 둘이서만 밤의 2차 모임을 금단 개최하는 것도 저는 딱히 싫지만은 않은데!"

"그러냐. 난 집에 간다."

"엄마 아빠한테 외출 제한시간 연장 허락도 받아놨거든요. 오늘은 특별한 둘만의 기념일이니까요, 뭔가 특별한 일이 일어나도 이상하지 않을——."

"그러냐. 난 집에 간다."

"제 얘기 좀 들어주시겠어요?!"

세이카는 미련스레 몇 번이나 돌아보며, 로비 한구석에서 점호를 하는 몇 명의 집단 속으로 들어갔다.

올해 수상자는 별도로 편집자와 심사위원과의 회식에 참석해야 한다나.

아무것도 몰라 어떤 색으로도 금방 물들어버리는 신인 작가를, 확실하게 안전한 담장 안에 격리하자는 출판사 측의 고마우신 배려다.

미성년자인 세이카도 잠깐 얼굴을 비춘 후 편집자가 책임지고 배웅해준다고 한다. 담당자는 내가 모르는 젊은 편집자였다. 기운이 넘치고, 목소리가 크고, 그리고 목소리가 크다.

까놓고 말해 목소리 큰 것 말고는 세이카의 담당 편집자에 대한 인상은 없었다.

"잘 제어할 수 있으려나⋯⋯?"

빌어먹을 악마의 대응에는 일말의 불안이 남지만서도. 저 녀석은 저 녀석 나름대로 낯선 사람 상대로는 양갓집 규수의 가죽을 뒤집어쓰는 녀석이니, 그리 큰 실수는 하지 않겠지. 아마도.

믿고 보낸 시건방진 여중생이 높으신 분들과의 회식에 푹 빠져서 초절 성실한 영상 메시지라도 보내게 되기를.

"⋯⋯뭐, 나도 진짜 집에 가야지."

내일도 일이 있다. 작가는 매상이 전부고, 학원 강사는 수업이 전부다. 2차에 나갈 시간이 있으면 푹 자고 싶다.

그들에게 등을 돌리려 했을 때, 어깨가 툭 부딪혔다.

"앗앗 죄송합니다. 죄송합니다. 텐o 선생님."

내 담당 시베리였다. 파티가 끝났으니 언어로 표현할 수 없는 그 호칭은 관두죠? 명찰 표기에 납득한 게 아니니까.

"저기 죄송합니다만, 야야야 야야 선생님 혹시 못 보셨나요."

엄청나게 다급한 목소리로, 시베리안 허스키는 몇 번이나 눈을 깜빡였다.

"파티 도중까지는 본 것 같은데…… 무슨 일 있었나요?"

"앗 저기 선생님을 회식에 모셔가야 하는데요. 개회 직전에 파우더룸에 가신 후로 보이질 않고 전화도 안 돼서."

융단 위에서 발을 동동 구르며 몸을 좌우로 흔든다. 그러고 있으니 정말로 대형견처럼 보이네.

"다들 엄청나게 숭배하는 것 같았으니, 어디 비밀스러운 2차에라도 끌려간 거 아니에요?"

"앗앗 그건 곤란해요. 진짜 곤란해요."

눈을 깜빡이는 속도가 한층 빨라졌다.

그러고 보니 시베리는 걔의 담당이기도 했지.

"회식을 무단으로 빠지면 큰일이니까요."

"그렇다기보다 작가님들 2차에 참석하시는 게 저기 좀 그 관리 불이행이라 문제가 된다고나 할까요."

"흐음……."

아무래도 출판사는 신인을 본격적으로 격리하고 싶은 모양이다.

내가 수상했을 때는 그런 풍조가 없었다.

나쁜 선배 작가에게 나쁜 2차에 끌려가, 죽을 만큼 술을 마시고 자기 작품의 좋은 점이니 장래의 전망이니 꿈이니 이상이니 하는 소리를 죽을 때까지 들으니 말이지. 그냥 죽고 싶다.

수상자가 2차에 방류되지 않는다면,

『나한테는 재능이 있다고 담당자가 그랬어요!』(※그 후 2권에서 짤림)

그렇게 떠들어대는 신인의 비극은 되풀이되지 않겠지. 다행이야.

"앗 저기 그게 결코 다른 작가님들과의 교류에 트집을 잡으려는 건 아니지만요."

"아뇨, 저도 알아요. 처음부터 그런 이야기를 들을 필요는 없다는 말씀이죠."

"고고고맙습니다. 아뇨 선생님께 고맙다는 것도 좀 아닌 것 같지만……."

……진지하게 말해.

시장 상황이 좋지 않은 작금, 선배 여러분에게서 사기가 올라갈 만한 이야기를 듣기는 힘들다.

초동 판매량이 안 좋으면 끝장이라느니, 일러스트와 제

목이 정해진 시점에서 결과도 정해지는 거라느니, 담당자를 잘못 만났다느니, 그런 말을 술자리에서 들어봤자 아무 짝에도 쓸모가 없다.

어차피 다들 금방 현실적인 아픔과 함께 배우게 된다.

작가는 매상이 전부다.

그러니 하다못해 수상식 당일만큼은—— 그 녀석도 행복한 꿈을 꾸어도 되겠지.

"……."

나는 흘끔 어깨 너머로 뒤를 돌아보았다.

초초하게 미소를 지으며 담당 편집자와 우아하게 이야기를 나누는 세이카의 모습이 멀리 보인다. 담당자가 열심히 띄워주고 있는지 엉덩이 언저리가 실룩실룩 흔들린다. 아무리 청초한 척해도 소악마의 꼬리가 보이는 건 나쁜 일까.

회식이 물 건너가서, 저 못난이 악마가 2차 모임의 세속에 찌들어 빛을 잃는 건, 별로 보고 싶지 않다.

"……야야야 선생님을 보면 시베리 씨에게 연락하면 될까요?"

"앗 저기 그런 말씀을 하시면 죄송한걸요. 번거롭게 해드릴 수는 없지만, 그래도 저기 혹시나 무슨 일이 생기면 꼭 연락 좀 주세요……."

고양이 손이라도 빌리고 싶은 심경이겠지.

시베리안 허스키는 미간에 주름을 지으며 매달리듯 고

개를 숙였다.

📖

사장을 포함해 연락처를 아는 몇 명의 작가에게 연락해 보았지만, 야야야 야야와 2차에 동석한 사람은 없었다.

대신 사고를 목격한 동기가 있었다.

『파티 끝나고 얼마 안 지나서였던가? 홀 정문 근처에서 글라스와인 든 사람하고 부딪쳤거든. 꽤 많이 젖어서, 아이고, 싶었지.』

그건 예를 들면 옷을 갈아입어야 할 수준이었을까?

『그것까진 몰라.』

무뚝뚝한 대답이었다. 관심도 없다는 양 전화를 끊어버렸다.

가령, 입었던 교복이 처참한 상태라 치고.

얼룩을 지우기 위해 갔던 곳은 파우더 룸일까, 아니면 수상자용 대기실일까?

나는 팔짱을 끼고 생각해보았다.

하지만 금방 포기했다.

"화장실도 대기실도 분명 시베리가 확인했겠지……."

사고가 있었다는 건 몰랐더라도 틀림없이 제일 먼저 확인했을 것이다.

그렇다고 달리 떠오르는 곳도 없었다. 항복. 명탐정은

폐점이다. 미스터리 형식으로 이야기를 진행하는 건 한 시리즈에 1권만이라고 법률로 정해져 있으니까.

포기하고, 그래도 일단은 엘리베이터를 타고 호텔 3층까지 가 보았다.

목적지는 수상자용 대기실이다.

깊은 생각이 있었던 것은 아니다. 세이카를 경유해 대기실의 장소를 알아둔 것도 있지만, 단순히 여자 화장실 쪽으로 가봤자 안쪽까지 확인할 수는 없기 때문이다. 그런 게 허용되는 곳은 한 세대 전의 학원 정도밖에 없다.

그 무렵에는 여자 화장실에 남자 교사가 다짜고짜 쳐들어가 수업을 빼먹은 학생을 끌고 나와 설교하곤 했다. 지금은 여성들의 공간을 더럽힐 권리는 인정되지 않는다. 초등학생 업계도 많이 달라졌구나…….

해마다 제한이 늘어나는 초등학생과의 접촉 문제를 떠올리며, 발견한 대기실의 문을 별 기대 없이 노크해보니.

"——네."

평범하게 대답이 돌아와 엄청 놀랐다.

"……어? 설마 야야야 선생?"

"네."

"왜 여기 있는 거야…… 아, 난 파티 참석자인 텐데인데, 담당이 같아."

"네."

"그 시베리 씨가 찾고 있었어. 지금 뭐 해? 일단 안에 들어가도 될까?"

"네."

허락을 얻어 문을 열어보고,

"——으아?"

평범하게 반라인 중학생이 있었을 때는 더 깜짝 놀랐다.
왜 어째서 WHY?

📖

그 녀석은 속옷 바람으로 팔걸이 의자에 앉아 있었다.

원피스 타입의 교복을 빨래 널듯 테이블에 걸어놓고, 얼마 안 되는 면적의 천만이 부드러운 피부를 감싸고 있었다.

출렁출렁 묵직하게 부푼 가슴도, 건강하게 탱글탱글한 허벅지도 바깥공기에 드러난 채.

실내의 화려한 물건들과는 어울리지 않을 정도로, 매우 무방비한 모습이었다.

나도 동요할 수밖에 없었다.

비유하자면, 배가 고픈 오후에 접시 위에 얹힌 조숙 브로콜리의 페페론치노를 발견해버린 것과 마찬가지다. 표현 규제의 관점에서 부적절한 요소를 배제하기 위해 매우 비유적인 표현으로 보내드립니다.

문을 닫고 복도로 돌아가,

"아니아니아니아니? 안에 들어가도 되냐고 물어봤 잖아?"

사과와 함께 불만을 제기하자 문 너머로 잠시 침묵이 들 려왔다.

옷 스치는 소리가 나고.

"네. ……들어오세요."

딱히 텐션이 달라지지 않은 목소리로 말했다.

"이번에야말로 괜찮겠지……?"

"네."

"믿는다."

"네."

"그럼 들어갈게. 3, 2, 1, 안 입었잖아?!"

머리는 아직 교복을 뒤집어쓴 채 느릿느릿 출구를 찾는 중이었다. 하반신부터 입으라고!

굼실굼실 목깃에서 얼굴이 빠져나와 시선을 마주한다.

거기에는 한 점의 당혹감도 없었다. 아랫도리에는 팬티 와 니삭스 뿐이라, 여자아이가 보이면 안 될 부분의 뼈 윤 곽까지도 뚜렷하게 드러났는데, 느릿느릿 눈을 한 차례 깜 빡일 뿐.

"옷 갈아입는 중이라도 괜찮으시면, 들어오세요."

"말하는 게 백만 년은 늦었잖아……."

어이가 없어져, 나는 방에서 나가지도 않았다.

행방불명자 발견 소식과 함께, 시간이 좀 걸릴 것 같다는 내용의 메시지를 시베리에게 보내고 손을 뒤로 돌려 닫은 문에 몸을 기댔다.

고대하던 섹시 이벤트다. 내가 쓰고 있는 시리즈의 주인공과 히로인이라면 이쪽도 갈팡질팡 저쪽도 허둥지둥 당황하다 아잉 웃흥 달링 벌을 줘야겠네! 하는 고색창연한 코미디 토크로 이어지는 것이 옳겠지만, 나에게 그런 건 이제 불가능하다.

게다가 옷을 갈아입는 모습을 보이는 사람도 전혀 당황하지 않는 것이다. 혹시 몰라 문을 안에서 잠가놓았지만 거의 무의미하게 여겨졌다.

풍기는 분위기는 외설적이라기보다는 기묘하다고 표현해야 할 것이다.

그렇고말고.

……이건, 지독히 기묘하다.

"야—— 너, 야야야 야야 맞지?"

"네."

겨우 소매로 팔을 넣어 상반신의 자유를 얻은 여중생이 고개를 위아래로 끄덕 움직였다. 원피스의 스커트 부분이 풍만한 가슴에 걸려 여전히 하반신이 고스란히 드러난 브로콜리 상태인 것은 일단 내버려 두자. 내버려 둘 수는 없지만 방치해둔다.

눈앞에 있는 것은 대상을 수상한, 기대받는 대형 신인이다.

얼굴도 똑같고, 목소리도 똑같고.

하지만 나를 바라보는 그 눈은 지극히 흐리멍덩.

파티에서 몇 번이나 보았던 자애의 미소는 한 점도 존재하지 않았다.

게다가 위화감이 큰 원인은 헤어스타일에 있었다.

"……그거, 가발이냐?"

"응."

테이블 위에는 선명한 금색 다발이 놓여 있었다.

지금의 숏컷은 그에 비하면 상당히 갈색에 치우친 색이다. 수수하고 평범하다. 국적 불명의 구세주다운 모습은 사라져버렸다.

"패션이나 뭐 그런 거냐?"

"응. 젖었지만."

야야야 야야는 다시 고개를 끄덕였다.

가발 근처에는 물 때문에 고장이 난 것으로 보이는 스마트폰도 놓여 있었다.

"아…… 와인 뒤집어썼다고 들었는데, 그때?"

"맞아."

"그래서 옷을 말리러 갔던 거구만……. 그럴 거면 시베리 씨한테 한마디 해주지 그랬어."

"했어."

감정을 읽기 힘든 눈으로 담담히 말한다.

"정확하게는, 근처에 있던 사람한테 부탁했어. 수상자

대기실에서 타월 챙겨서, 3층 다목적 화장실에서 교복 빨고 있을 거라고. 그걸 담당 편집자 시베리 씨한테 전해달라고."

"……하나도 안 전해졌는데……."

나는 살짝 낯을 찡그렸다.

시베리가 대기실에 찾으러 왔을 때는 야야야가 화장실에 있었을 것이다. 굳이 3층 화장실을 쓸 거라고는 생각하지 못했을 테니 엇갈려버린 셈이다.

왜 말이 적절히 전해지지 않았을까?

부탁받은 작자가 파티에 신이 나 잊어버렸을 수도 있다. 편집자를 찾지 못했을 수도 있다. 다른 상대에게 전해놓고 방치해버렸을 수도 있다.

이유라면 여러 가지로 생각할 수 있겠지만——

『거기까진 몰라.』

사고에 대해 물어봤을 때 들은, 업계인의 무뚝뚝한 대답이 떠올랐다. 자신은 관심 없다는 듯한—— 까놓고 말해 희미한 적의를 띤 대답.

몇 년에 한 번 나오는 대상을 수상하고, 기괴한 수상자 소감을 발표하고, 과도하게 추앙을 받는 중학생이 일부 작가에게는 눈엣가시였을 것이다.

작가가 된다는 것은 이유 없는 질투와 시기에도, 이유 있는 비판과 비난에도 시달려야 한다는 것을 의미한다.

이것은 이유 **없는** 쪽이다.

와인을 뒤집어쓰고, 전언은 묵살되고, 아무에게도 도움을 받지 못했다.

"대단한 세례를 받아버렸구만……."

씁쓸한 기분으로 혀를 찼더니, 야야야 야야는 나를 빤히 올려다보았다.

흐리멍덩하게 안개가 낀 듯한 눈에 나를 잠시 비추더니,

"지나친 생각 아닐지."

짧게 고개를 가로저었다.

"가령 그렇다 해도, 남의 감정은 야야가 감지할 수 없어. 그 사람 자신이 품은 거지, 야야하고는 독립된 영역에 있어."

"……쿨한 사고방식이구나."

"나는 나, 남은 남. 섞이는 일은 영원히 없어."

그렇게 말하며 원피스를 쭈욱 잡아 내린다. 겨우 가슴의 관문을 지나 스커트의 길이를 허벅지 언저리까지 떨어뜨리는 데 성공했다.

그러고 보니 계속 하반신을 드러낸 채 나랑 얘기하고 있었구만, 이 녀석…….

다감한 중학생으로서 좀 너무 강력한 거 아니냐?

세이카가 이런 짓을 한다면, 마침내 올 게 왔구나, 하고 통에 넣어 뚜껑을 봉해 인도양에 던져버렸겠지만.

처음에 노크에 대한 반응도 그렇고, 무엇에도 동요를 보이지 않는 것은 자신과 남이 분리되어 있기 때문일까.

"다시 말해 네 몸은 네 문제니까, 누가 네 옷 갈아입는 모습을 보든 말든 상관없다는 거냐?"

"조금 달라. 야야의 알몸은, 거기에 값을 매기는 타인의 문제야. 지금은, 별다른 평가를 해주지 않는다는 걸 알아. 그러니까 결과적으로 상관없게 됐어."

"아?"

"당신이 여중생에게 가치를 두는 어른이라면, 다른 방법도 있었어."

"뭘 놈의 사고회로가……."

이번에야말로 아연실색했다.

학원 제자들 중에도 가끔 있는, 아직 알몸의 의미를 모르는 초등학생과는 근본부터 다르다.

자신의 알몸이 모종의 인간에게는 성적인 의미를 가진다는 사실을 알면서, 이 중학생은 태연히 옷을 갈아입고 있었다.

그런 판단기준은, 쿨하다고는 하지 않는다. 그런 수준이 아니다.

여기에는 원래 있어야 할 자신의 마음이란 것이 없다.

"……맞아. 야야에게는 인간의 마음이 없어."

당연하다는 듯이, 중학생은 담담히 말했다.

수상자 소감에서 신을 참칭했을 때와 같다.

허구에 자아도취한 것도, 현실에 혼란폭주한 것도 아니다. 눈동자 속에는 그저 투명하고 공허한 이성이 있었다.

"그때 신을 자청했던 건, 그게 제일 좋다고 생각해서."

"······어디가 좋은데?"

"야야에게── 야야가 생각한 플랜에서."

말을 바꾸고, 야야야 야야는 자신의 주머니를 뒤졌다.

네모꼴로 접힌 종이 한 장을 꺼낸다.

"······그건 뭔데."

"비밀계획서."

"······그게 어쨌는데."

"읽어봐."

억지로 떠넘기는 바람에, 나는 어쩔 수 없이 시선을 떨구었다.

그 문서에는 이런 내용이 적혀 있었다──.

매력적인 캐릭터 창작에 관한 일반개론

1. 서론

"라이트노벨은 캐릭터가 전부다."

중고생을 메인 타깃으로 삼는 라이트노벨에서, 독자는 등장인물에게 감정이입하는 독서 스타일이 많은 것으로 추측되므로, 이 명제는 참이라 할 수 있다.

그렇다면 매력 있는 캐릭터란 무엇인가.

기존의 연구에 따르면, 자신의 취향에 맞는 인간을 묘사하자고 논하는 경우가 많으나, 야야는 타인이 취향에 맞는다고 느낀 적이 없다.

따라서 라이트노벨을 쓰면서 피해 지나갈 수 없는 이 테마에 대해, 선행 서적으로부터 논리적으로 도출된 결론을 본론에 기재하기로 한다.

2. 분석

우선 서점에 놓인 천 권의 남성향 라이트노벨을 랜덤하게 추출한 결과, 그 중 92퍼센트에서 주인공(남성)과 히로인(여성)이 등장하는 사실을 알 수 있었다. (별지에 참고서적 첨부, 이하동문)

또한 70퍼센트의 확률로, 일상적인 행동을 취하는 주인공에게 히로인이 의미도 없이 얼굴을 붉히는 장면이 삽입되어 있었다. (별지 참조)

이를 통해, 여성은 비현실적으로 **수치심**을 가진 존재로서 묘사된다는 것을 알 수 있다. 이를 **정의 A**라 한다.

한편, 주인공은 여러 명의 히로인과 개별적으로 밀회를 거듭하는 묘사가 매우 많으며, 현실세계의 연애구조와 비교하면 명확한 통계적 편중이 보인다. (별지 참조)

현대사회에서 폴리아모리가 다수파가 되지 못하는 것은 타인과의 교류를 바라지 않는 인간이 많기 때문이다. 이로 인해 독자는 막대한 **정신적 고통**을 치르면서 이야기 속의 하렘 묘사를 읽고 있다고 추측할 수 있다.

이것을 **정의 B**라 한다.

마지막으로 판매량이 많은 작품에서는, 종종 스토리의 클라이맥스에서 주인공만이 사지로 떠나는 경우가 보인다. (별지 참조)

승리하기 힘든 것으로 설정된 적에게, 구태여 혼자 맞서는 행위는 삶에 대한 집착이 적다는 뜻이다. 기독교 세계관에서의 『메멘토 모리』, 다시 말해 **현세의 허무함**을 뜻한다고 할 수 있다.

이를 **정의 C**라 한다.

3, 고찰

정의 A와 B와 C에는 각각 **구약성서**와의 확고한 상관성이 보인다.

A의 수치심은 에덴동산에서 뱀의 유혹에 넘어가 금단의 과일을 먹은 이브가 얻은 것이다.

많은 남성향 라이트노벨에서 히로인이 알몸을 보이고 부끄러워하는 이벤트가 있는 것도, 무화과 잎으로 알몸을 가렸던 아담과 이브를 쉽게 상기시킨다.

B의 고난은, 낙원에서 추방당한 인간이 짊어진 업을 의미한다.

원래 오락이어야 할 독서가 부조리한 고통을 정기적으로 가져다줌으로서 독자는 항상 자신이 원죄를 짊어지고 있음을 의식하는 것이다.

C에서 말하는 죽음에 대한 유혹은, 물론 인간에게 부여된 단명의 저주를 의도한 것이나, 그 이상으로 절대적인 운명이란 것에 대한 복종심을 암유하고 있다.

이상에 따라 라이트노벨 등장인물의 최적해는 이렇게 결론지을 수 있다.

A / 수치심을 안고
B / 고난을 품고
C / 숙명적으로 죽는다.

그러나 추출된 이러한 특징은 구약성서 특유의 것은 아니다. (별지 참조) 세계 각지에 전해지는 신화체계에서 가장 기본적인 구조라 할 수 있을 것이다. 여기까지의 결론을 근거로, 새로운 명제를 제창할 수 있다.

"라이트노벨은 신화다."

4, 결론

명제에서 시작된 연역적 논증에 따라 라이트노벨과 신화의 동일성이 명시되었다. 따라서 신화의 독자가 마음속 깊은 곳에서 추구하는 인물상도 자연스레 도출될 수 있다.

그것은 무엇인가?

물론 신이다.

신화의 독자는 모두 신의 현현을 바라고 있다.

신을 묘사하는 자는 신의 주관을 가지지 않으면 안 된다.

야야는 이제부터 신을 자청하기로 한다.

이로써 캐릭터 메이킹은 오케이. 아자.

Yaya

슥 훑어보고, 나는 고개를 들었다.

"솔직한 감상을 말해도 될까."

"응."

"너, 캐릭터 메이킹에 재능 없다."

"……응."

야야 대선생은 매우 순순히 고개를 끄덕였다. 자각이 있어서 다행이네.

이 빌어먹을 논문은 뭐야. 규칙을 모르는 우주인이 야구장을 관전하고 공부한 결과, 막대기와 공을 사용한 익스트림 배틀로열을 만들어낸 것 같은 분위기다.

"야야한테는 작가로서 큰 약점이 있다고, 심사위원도 그랬어."

"수상작도 이런 식이었어……?"

"『이 투고작품에는 장대한 스토리가 있다. 중후한 테마가 있다. 그러나 등장인물은 작가 한 사람밖에 없다. 캐릭터가 다수 있어도 모두 똑같은 가면을 쓰고 있다』."

"……그렇군."

이따금 나오는 소리다.

캐릭터 메이킹이 서툰 작가는 자신이 말하고 싶은 이야기만 앞세운다. 피가 흐르는 인간의 행동을 그려내지 못하는 것이다.

"강평과 응모작을 비교해서 다시 읽어보니까, 야야도 그런 생각이 들었어. 야야는 타인을 몰라. 마음이 어떻게 움직이는지 몰라."

야야는 멀거니, 감정을 들여다보기 힘든 목소리로 말했다.

"그러니까 내 나름대로 연구해서, 모두가 바라는 신을 연기해서, 캐릭터의 베리에이션을 늘리는 실증실험을 해 보려고 그랬어."

"실험 장소가 하필이면 수상식이라니, 네 도전정신은 좀 나사가 풀렸구나."

"의외로 잘 먹혔어."

"완전 기적의 산물이네……."

"모델이 있었으니까."

듣자하니 이 중학생에게는 언니가 있다고 한다.

언제나 다정하고, 누구에게나 친절하고. 마치 신 같다고 주위에서 흠모한다. 그래서 이를 모델 삼아 흉내를 내보았던 것이 파티장에서의 행동이었다는 것이다.

"……받아들여진 건 그 덕분이야. 야야의 머리로 생각한 게 아니야. 그러니까 금방, 바닥이 드러날 거야."

눈을 감고 테이블 위의 금색 가발을 애처롭게 쓰다듬는다. 무대 위에서 심호흡을 하고 말을 시작했을 때의 표정과 비슷했다.

그건 결국 하나에서 열까지 잘못된 추측과 추론에 따라 이루어졌던 퍼포먼스였다.

트릭이 밝혀지고 보니, 괴상한 여중생 하나가 내 앞에

있을 뿐이었다.

헛웃음과 함께 어깨를 으쓱하고는,

"──정말 그럴까?"

자신의 목소리에 몸이 멈추었다.

그렇다면 그 청중의 기묘한 분위기는 대체 뭐였단 말인가.

거기에선 분명히 가공할 일이 일어났을 것이다. 모두가 비슷한 심정을 느꼈으므로 종교가 발생했을 것이다.

이 불편한 감각의 정체를 찾기 위해 나는 야야를 노려보았다.

투명하고 공허한 눈동자가 흐리멍덩하게 나를 바라본다.

"여기서 텐군에게 부탁이 있어."

"……듣기 전에, 그『텐군』이란 건 뭔데."

"텐 어쩌고 하는 명찰을 봤으니까. 안 돼?"

표정도 바꾸지 않고 여중생이 고개를 갸웃한다.

"다른 호칭이 있으면 그렇게 할게. 야야의 엔터테인먼트 콘텐츠 연구에 따르면 남자들이 좋아하는 호칭이 몇 가지 있어. 주인님, 오빠, 스승님, 마스터, 사령관, 프로듀서, 똥개, 변태군."

"현실에서 그렇게 불린다고 좋아하는 남자는 별로 가까이 하고 싶지 않은데……."

"그렇구나…… 변태군이 좋구나?"

"왜 네 맘대로 채용하고 앉았어. 원래대로 해."

"변태군도, 야야의 호칭은 좋을 대로 해. 언니, 누나, 누님, 누이, 마이 시스터, 연상의 누나, 마마, 옹알옹알."

"장르가 너무 핀포인트라 좋아하는 호칭이 존재하지 않는다만?"

"야야가 연구한 바에 따르면 언뜻 무서워 보이는 남자일수록 나이 차이가 많이 나는 여중생에게 어리광을 부리고 싶어 하는 경향이."

"나한테는 없으니까 그 빌어먹을 연구 지금 당장 접어라, 응?"

"……응."

야야는 조금 느릿한 동작으로 턱을 당겼다. 어째 지금 미묘하게 아쉬워하는 표정 하지 않았어?

"야야는 캐릭터에 대해 배우고 싶어. 특히, 텐군이 가르쳐주면 좋겠다고, 수상식 때부터 생각했어."

"……별로 물어보고 싶지는 않다만, 왜 나야?"

눈이 마주친 기분은 들었지만, 굳이 나를 록 온 할 이유는 전혀 떠오르지 않았다. 슬프게도, 그래봤자 중하위권 작가니까.

"야야가 봤을 때. 거기 있던 작가들 중에서, 텐군은 자기 캐릭터의 특성을 인상적으로 만드는 데에, 최고로 탁월해 보였어."

"캐릭터 특성?"

"야한 일이 주특기인 로리콘 선생님."

"너 사람을 뭘로 보는—— 앗."

모 세이카 양의 빌어먹을 으쓱으쓱 스마일이 뇌리에 오버랩되는 바람에 나도 모르게 야야의 이마를 콩콩 쥐어박고 말았다. 대인 커뮤니케이션까지 영향을 미치다니, 빌어먹을 악마 바이러스의 영향은 심각하다.

"미안하다, 이건 심했지."

"……아냐, 별로."

야야는 소리도 없이 몸을 젖혔을 뿐, 오뚝이처럼 한 치의 오차도 없는 원래 위치로 돌아왔다.

오버하며 아파하거나 날뛰거나 눈물을 글썽이거나 하는 중학생다운 모습은 어디에도 없이, 흐리멍덩한 얼굴이 있을 뿐이었다.

"정말로 텐군이 로리콘이라고 지적하는 건 아니야. 만약 중학생을 좋아하는 사람이라면 이런 이야기를 하기 쉽겠다고 생각했을 뿐이야."

"자기 알몸을 내보이려고 했던 녀석은 하는 말부터 다르구만……."

대기실을 찾아온 나를 속옷 바람으로 맞이했던 이유를 알았다.

이 녀석에게는 그것이 가장 합리적인 선택이었던 것이다.

"텐군의 특성이 진짜인지 아닌지는 딱히 상관없어. 그건 야야한테는 중요한 일이 아니야. 캐릭터가 살아있다는 게 중요해."

"그런 망할 캐릭터성 부여를 흉내 내서 무슨 도움이 된다고……."

캐릭터 메이킹이 서툰 대상 작가는 목표 설정도 서툰 건가?

"첫째로, 그 캐릭터인지 뭔지는 의도해서 살렸던 게 아니야. 난 글쟁이 외에 진학 학원 강사도 하고 있으니까."

"학원 강사. 야야의 언니랑 같은 일."

"그거 안 됐네. 직업을 바꾸라고 권해봐. 아무튼 그 악연으로 제자가 된 세기의 못난이 빌어먹을 악마 한 마리가 달라붙어 있는 것뿐이야."

"……빌어먹을 악마?"

"그 왜, 너랑 동시에 수상한."

가증스러운 이름을 입에 담으려 했던 순간,

"지금 이 근처에서 날 부르는 목소리가 들리지 않았나요?!"

부르지 않아도 날아오는 악마소환.

팡팡 쾅쾅, 밖에서 문을 힘껏 두드리는 소리가 나고 노파의 비명처럼 경첩이 삐걱거렸다.

예고 없는 호러 전개는 제발 그만.

"한 글자도 부른 적 없다만 어디서 솟아났냐."

복도를 향해 목소리를 높이자, 문을 무한히 두드리던 폴 터가이스트 현상은 겨우 수습되었다.

그 대신 활달하고 화사한 목소리가 유성우처럼 벽을 뚫고 날아왔다.

"역시 여기 계셨군요! 야야야 선생님을 찾으셨다고 들었는데 그 후로 속보가 없어서 불안해하는 편집자 분도 계셔서요. 그렇다면야 제가 발 벗고 나서고자 선생님의 냄새를 쫓아와 봤더니 여기에 도착했지 뭐예요."

"당연하다는 듯이 영문 모를 소리만 주워섬기고 있어······."

중학생 때부터 마킹 & 스토킹 스킬만 발달시키지 말았으면 좋겠다. 부모님이 대체 무슨 영재교육을 시키신 거야.

어이없어 문 쪽을 보는 내 옆에서,

"······."

야야는 팔걸이의자에 앉아 있었다.

그러고 보니 느닷없이 문 두드리는 소리가 난 순간. 허 흑하고 숨을 멈추는 기척과 털썩 의자에 앉는 소리가 들렸던 것 같다.

"혹시 너무 놀라 허리가."

"안 풀렸어."

야야는 멍한 얼굴로 설레설레 고개를 가로저었다.

"아니, 그치만 너."

"안 풀렸어. 야야한테는 그런 감정이 없으니까."

"……그러냐."

근처에 있던 옷걸이로 대충 허리 언저리를 찔러봤더니,

"아흑."

흠칫흠칫 새끼사슴처럼 야야가 온몸을 떨었다. 풀렸네.

"……이게 그거야? 귀중한 첫 경험. 아자."

야야는 눈을 깜빡이더니 멍하니 뺨에 손을 가져다 댔다. 어디까지 진심으로 하는 소리인지 도저히 모르겠다.

하는 수 없이 손을 내밀어주었지만, 자력으로는 일어날 수 없는 모양이었다. 어느 중학생과 비교하면 압도적으로 중량감이 있는 특정 부위가 묵직하게 흔들린다.

"거기 야야야 선생님도 계시죠? 회식 시간이 다가왔으니까 슬슬 출발할 준비를 해주셔야 하는데요. 안에 들어가도 될까요?"

야야를 의자에서 일으키는 동안에도 세이카는 복도에서 꽥꽥 혼자 떠들어대고 있었다. 내버려 두면 우주가 끝나는 날까지 이어질 것 같던 기분 좋은 토크는,

"어라, 텐진 선생님? 이 문 잠겨있는데요……?"

문손잡이가 걸리는 소리와 함께 찬물을 끼얹은 것처럼

멈췄다.

그러고 보니 야야가 아직 속옷 바람이었을 때 무의미하게 문을 잠갔더랬지.

"……일부러 잠그실 필요는 없을 것 같은데요. 설마 저의 선생님이, 양심에 거리끼는 짓을 하고 계신 건 아닐 테고요, 그렇죠?"

"양심에 거리끼는 짓이 뭔데…… 아니 그보다, 네 거 아니거든?"

문을 열러 갈까 말까 망설이다가 야야를 흘끔 보았다. 대충 뒤집어서 입은 교복은 여기저기 흐트러져 중학생의 속옷도 어른어른. 도저히 남 앞에 내세울 만한 상태가 아니었다.

빨리 앞섶 잠그고 부석부석한 머리도 정돈하고 가발도 써.

야야에게 블록 사인을 보내면서, 나는 시간을 끌기 위해 목소리를 높였다.

"그게 말야, 야야의 교복이 젖어서 말리느라 문을 잠가놓은 거야."

"흠흠 그렇군요. 옷을 갈아입기 위해서였군요."

세이카는 천천히 맞장구를 쳤다.

"……참고로. 야야 선생님이 옷을 벗고 계신 동안, 저의 선생님은 어떻게 시간을 보내고 계셨을까요?"

"딱히? 그냥 얘기하고 있었지."

"같은 방, 안에서요?"

"그야 뭐, 어쩌다 보니……."

"옷을 갈아입는 여중생이 있고? 저의 선생님도 있고? 문은 안쪽에서 잠그고? 왜 어째서 WHY?"

조금씩 딱딱해져 가는 목소리와 조금씩 억지로 뒤틀려 가는 문손잡이. 의구심의 괴물이 문밖에 스탠바이하고 계시다.

"야, 세이카. 얘기하자면 길어. 설명할 테니까 좀 기다려."

"남자랑 여자! 밀실! 단 둘이! 아무 일도 일어나지 않을 리가 없고?!"

"아, 1밀리도 안 듣네."

"야야 선생님 괜찮으세요?! 무슨 짓을 당하셨나요? 어디까지 당하셨나요?! 중학생이 대상 밖인 변태 로리콘 선생님이라고 안심했더니 이 꼴이네요!"

"오해와 편견에서 태어난 주장은 관둬."

"태어났다고 하니 생각났는데 선생님도 선생님이에요! 크리스마스 전에 저와의 아기를 만들었으면서! 그 괴로운 입덧은 거짓말이었다고 하실 건가요?!"

"거짓말이지 그럼 뭐야! 너 머리 이상해졌냐?!"

"너, 너무해요! 우리 아기의 이름을 획수점, 별점, 사주팔자 총동원해서 천 개는 생각해놨는데……!"

"그래그래, 알았다. 머리가 이상하지 않을 때가 없었지!"

서로 고함을 질러대자 그 반동으로 야야의 몸도 흔들렸다. 그러고 보니 아직 손을 잡고 있었지. 투명하고 공허한 눈이 나를 심판하듯 비추고 있다.

"텐군. 『두 사람의 아기』란 건……?"

"아니야, 저 자식은 진짜 머리가 이상하다고. 애초에 입덧은 세이카가 아니라 내가 했는데. 아니 내가 할 리도 없지만?!"

스스로 설명해놓고도 너무 멍청한 소리라 어이가 없었다. 맹진저돌 최강무적의 세이카 이론을 일반인에게 설명하기란 불가능하지 않을까?

"……그래."

야야는 잠시 생각하는 듯 시간을 두고 한 차례 고개를 끄덕였다.

"타인의 인간관계는 야야가 이해할 수 없지만. 객관적으로 현재의 상황을 판단하자면, 앞뒤가 맞는 건—— 텐군 쪽일까나."

"오, 오오?"

"그녀는 다소 폭주하기 쉬운 성질인 것 같아. 한번 흥분하면, 그 후로는 근거도 없는 소리를 떠들어대는 경우도 있겠지. 대할 때 주의가 필요해."

"이해해주는 거야?!"

"그렇기는 하지만, 허세이기도 한 것 같아. 친하지 않은 사람을 상대로는 금방 자신을 꾸미려는 경향이 보여. 그렇다면 사태를 수습할 방법은 간단해. 야야가 직접, 제대로 설명하면, 그녀가 제정신을 차릴 개연성이 높아."

든든한 말과 함께 내 손을 빠져나가 신중하게 문으로 다가간다.

"야야한테 맡겨. 텐군은 이 이상 무의미하게 책망당하면서 곤란해지지 않아도 돼."

"이 얼마나 냉정하고 정확한 판단인가……."

나는 속으로 감동했다.

이제까지 나한테 다가오는 여중생이라곤, 한번 지레짐작하면 폭주 초특급인 못난이 악마라든가, 쳇바퀴 논리로 무한자학에 빠지는 다우너 천사뿐이었으니까.

야~ 누군가가 내 말을 이해해준다는 건 정말 좋구나. 당연한 일이 무엇보다도 기쁘다. 여기가 천국인가.

"……."

야야는 문을 향해 두세 걸음 나아가더니 문득 멈춰 섰다.

몇 초 생각하다 휘릭 유턴.

"텐군."

"응?"

한 마디 부르더니 동시에 내 어깨를 폭 밀었다.

"……으아?"

비틀거리며 원래 있던 의자에 둘이 털썩 주저앉았다. 그 반동으로 평평해진 등받이 위에 드러누운 나. 더 올라타는 야야.

영차영차 내 배 위로 하반신을 얹고, 싱그러운 내용물이 꽉 들어찬 몸의 일부가 밀려 올라온다.

가슴께는 다시 한번 스르륵 풀리고, 몸이 스칠 때마다 스커트 자락이 밀려 올라가 부드러운 브로콜리의 페페론 치노가 안녕하세요.

"……아니 저기, 뭐 하는 거야?"

"잘 생각해보니, 텐군이 곤란해도 야야는 딱히 곤란하지 않았어. 상황을 역으로 이용하는 편이 야야에게 유리해."

"지옥이냐고."

판단력이 지나치게 냉철하다. 그야 너한테는 상관없는 일이겠지만. 브레이크 망가진 폭주초특급에 깔리려는 사람을 내버려 둬도 된다는 거냐.

"물론 일부러 거짓말을 하는 건 나쁜 일이야. 그녀에게는 진짜 있었던 일을 제대로 말할 생각이야."

"진짜 있었던 일?"

"야야는 이 방에서 첫경험을 했어."

"잠깐잠깐잠깐?!"

"허리에 힘이 풀리는 감각은 처음이었어. 조금 아팠지만, 감동했어."

"아— 아— 아—!!"

나는 얼른 소리를 질러 그녀의 목소리를 덮어버렸다. 남이 들으면 오해하고도 남아!

"좀 더 자신을 소중히 여겨다오. 부탁이니까. 남이 들으면 네 명예도 손상되잖아!"

"야야한테는 인간의 마음이 없으니까 여유있어. 예이~예이예이."

야야는 지극히 평온한 무표정으로, 걷혀 올라간 스커트는 내버려 둔 채 얼굴 양옆에서 더블 V사인을 가위처럼 움직였다. 이건 현대 일본 도덕교육의 완패로군요.

"자산은 가치가 높을 때 처분해야 하는 법. 여성의 정조는, 야야의 시장 조사에 따르면 딱 중학생 때가 최고가야."

"그놈의 연구는 왜 맞는 적이 없냐!"

"저기요, 잠깐요?! 잘 안 들리는데요! 두 분이서 터무니없이 이상한 말씀을 하고 계시지 않나요?!"

빌어먹을 악마의 데빌 이어는 뭐든지 듣는다. 하지만 지금은 두꺼운 문에 가로막혀 확증을 얻을 수 없는 모양이다. 고맙다 고급 호텔 친잔소.

"치칭 뿌이뿌이 열려라 참깨! 에잇, 아무리 해도 데빌 빔이 안 통하네요! 이렇게 되면 저한테도 생각이 있어요!"

짜증 섞인 목소리의 세이카는 갑자기 에헴에헴 헛기침을 했다.

부스럭부스럭 무언가를 뒤지는 기척이 나더니, 금속질의 무언가가 문에 장착되었다.

"이럴 때는 세이카 마법의 일곱 가지 도구가 나올 때죠! 짜가잔! 패션 잡지의 부록으로 딸려왔던 필살 락피킹

세트!"

유일하게 믿었던 문손잡이가 함락의 소리를 내기 시작
했다. 요즘 중학생 잡지 부록은 그 모양이야? 겨울 시즌
인기 아이템! 연상 남친의 집에 잠입해 기정사실 만들기☆
같은 트렌드로 나가고 있나요?

"왜 문을 자주적으로 열어주시지 않는지 이유는 조금도
모르겠지만 분명 전부 저의 오해겠지요, 그렇겠죠. 옷이
흐트러진 여중생에게 깔려서 몸을 겹치고 꽁냥꽁냥 불륜
을 저지르고 계시진 않겠죠!"

"우선 불륜의 정의부터 다시 해!"

"앗 그거 불륜 저지른 사람들은 꼭 하는 대사인데 괜찮
으세요? 전 괜찮아요, 텐진 선생님을 믿는걸요! 이건 그저
현장검증일 뿐이에요. 지금 갈게요, 방향 확인! 이상 무!"

이상 있다고요, 안 돼요. 이젠 다 틀렸다.

가을의 잔혹 편지 사건에서 활약했던 두 명탐정이, 겨울
의 신 불륜사건을 거쳐 참살 시체와 미성년 용의자로 갈라
지는 서스펜스 제2부가 시작되겠다.

"……텐군, 위기야?"

"대위기다만?"

"그래. 야야도 텐군에게 나쁜 짓을 하려는 건 아냐."

내 가슴팍에 차닥차닥 손을 가져다 대고, 성적 서비스
금지 동의서에 사인을 요구당한 끝에 암묵적인 양해를 어
겨 체포당하는 타입의 마사지를 하면서, 위기를 크리에이

트한 장본인이 태평하게 말했다.

"야야는 비즈니스 이야기를 하고 싶어."

"비즈니스라고 했냐……."

여고생 비즈니스가 아니라 여중생 비즈니스. 사는 쪽은 큰 벌을 받는데 파는 쪽은 대체로 무죄가 되는 탈법 비즈니스다.

"지금은 서로에게 이익이 되는 거래를 하자. 야야는 텐군의 무죄를 증언할게. 그 대신 텐군은 야야에게 가르쳐줘."

"가르쳐달라는 건, 아까 말한……."

"응. 캐릭터 메이킹."

위에서 내려다보는, 투명하고 공허한 눈.

한동안 눈도 깜빡이지 않고 나를 비추더니, 야야는 살짝 고개를 기울였다.

"텐군—— 야야를 프로듀스해서, 진짜 신으로 만들어줘."

나는 천장을 바라보았다.

방 밖에서 육박하는 여중생과 방 안에서 올라탄 여중생 사이에서 다 큰 어른이 취해야 할 선택지는 지극히 한정되어 있었다.

햇살도 눈부신 맑은 날에, 그림자 속 세계의 이야기가

시작된다.

여중생이란 것들은 진짜 어둠밖에 없구만?

2장

쓰레기와 제비의 크레셴도

    칸토 지방의 학원 업계에서 『새해 첫 참배』란 쉽게 다룰
수 없는 행사다.

    그도 그럴 것이 입시를 치를 중학교에 따라서는 시험일
이 1월인 경우도 있기 때문이다. 설날은 이미 입시 전쟁의
포탄이 오가는 최전선이라 해도 과언이 아닌 시기다.

    여기까지 왔으면 1분 1초를 아쉬워하며 공부하는 것보
다도 컨디션 관리가 훨씬 중요하다. 감기와 같은 감염증의
위험성을 생각하면 찬 바람 몰아치는 이 계절에 밖에서 오
랜 시간 줄을 서 있는 것은 말도 안 되는 일이다.

    하지만 초등학생은 멘탈의 생물이다.

    참배도 오미쿠지*도 에마** 걸기도, 할 수 있는 것은
전부 다 했다고 본인이 강하게 믿는 것 또한 중요한 일. 지
망학교 시험 당일 아침이 되어서야 신사에 다녀오지 않았
던 것을 떠올렸을 때의 비극은 말할 필요도 없다.

    설날에 외출해 참배를 다녀올 것인가, 집에서 컨디션을
조정할 것인가.

    오랫동안 논의의 대상이 되었던 이 문제에 대한 해답으

---

  * 일본 문화의 한 가지로 신사나 절에서 운세가 써진 제비뽑기를 하여
길흉(吉凶)을 점친다.

  ** 일본의 신사 및 사원 등에 소원을 담아 봉납하는, 그림을 그린 목
판이다.

로, 우리 진학 학원 TAX에서는 강사가 학급을 대표해 신사에 참배를 다녀오는 방법을 제시했다.

새전함에 만 엔 지폐를 투입하고, 초등학교 6학년 아이들에게 받아온 에마를 걸고, 인원수만큼 '대길'이 나올 때까지 몇 번이고 몇 번이고 오미쿠지를 뽑는다.

믿음이 있으면 산도 옮길 수 있다. 신념이 있으면 머리도 똑똑해진다.

입시와 종교란 애초에 비슷한 것이다.

그렇게 되어 새해가 밝아 1월 1일.

"비나이다 비나이다, 신령님께 비나이다…… 좋아, 끝."

TAX 쵸후 분원과 가장 가까운 키다텐 신사의 경내에서.

대리 참배자로서 모든 업무를 마치고 북적거리는 참배객의 무리에게 등을 돌렸을 때였다.

시야에, 하늘하늘 흔들리는 새빨간 우산이 하나 들어왔다.

오후의 태양은 구름에 가려 보이지 않고 숨도 새하얗게 녹아드는 기온이기는 하지만, 비도 눈도 내리지 않는다.

이런 날씨에 우산을 든 녀석이라면, 나는 이 지역에서 하나밖에 모른다.

"——사람 많은 데서 너무 휘두르지 마라."

우산을 위에서 살짝 눌러주자 흔들…… 흔들…… 하던 움직임이 갑자기 멈추고 주위의 무리 속에서 홱 이쪽을 올려다본다.

"······오오, 우······."

"빼액! 테, 텐진, 선생님?!"

우산의 주인, 마이마키 히라리와 옆에서 팔짝 뛰어오르는 이나리 린을 필두로.

"오, 그리고 스미레랑 카에데도 왔냐. 새해부터 강사를 만나다니 지지리 복도 없지."

이놈이고 저놈이고 잘 아는 얼굴뿐── 우리 TAX 쿄후 분원에서 가장 우수한 5학년 알파반 여학생들이다.

넷은 와아 달려나와 내 몸을 에워쌌다.

앞에서 뒤에서 왼쪽에서 오른쪽에서 일제히 목소리를 높이고,

"우와아 엄청난 우연 전개 다들 하나도 몰랐어! 복돈 주세요!"

떠들썩한 특공대장 후지미 스미레가 끈으로 이어진 양손의 장갑을 붕붕 들며 만세를 불렀다.

"새해 복 많이 받으세요. 올해도 지도편달 부탁드립니다, 선생님."

눈토끼 귀마개를 한 토리이 카에데가 어른스러운 미소로 정중하게 인사했다.

"여기 점, 엄청 잘 맞나봐····· 소원, 벌써 이뤄졌어·····! 선생님 만나서, 기뻐라, 기뻐기뻐라, 란땃따라, 란땃따!"

복슬복슬한 니트 모자를 쓴 린은 오미쿠지를 끌어안고

몽실몽실 춤을 추었다.

"…………대길 대박 장땡……."

둘둘 감은 머플러에 얼굴의 절반을 묻은 히라리가 흐늘흐늘 우산을 접는다.

늘 떼어놓지 않는 우산의 안쪽에는 그림이 그려진 도화지가 붙어 있다.

"그게 그거냐. 드디어 완성했구나."

"응응! 맞아요! 린이 선물, 해서요!"

"…………응……."

거장 린 화백이 학교 지정 수영복 데생 모델이었던 모여중생을 빽빽 울려가며 그려낸 혼신의 대작, 『이터널 마이 프렌드 히라리 좋아좋아 너무좋아 슈퍼 해피 버스데이 만세만세만만세』 일러스트다. 제목 길다.

우산과 함께 접히는 그 선물을 바라보며,

"…………마음, 따끈따끈……."

머플러를 감은 히라리가 눈을 실처럼 가늘게 뜨며 웃었다.

이건 죽을 만큼 보기 드문 일이다. 1 후지 2 매 3 가지* 4 히라리. 정초부터 조짐이 좋구만.

"친한 친구가 축하해줘서 좋았겠네."

나도 슬쩍 웃었다.

---

* 새해 첫 꿈 중에서 길한 것의 순서. 제일 좋은 것이 후지산, 그 다음이 매, 그 다음이 가지라는 뜻.

희생은 막대했지만, 아이들의 웃음에는 바꿀 수 없는 무언가가 있다. 빌어먹을 고양이 아가씨의 함정에 빠진 못난 이 개 아가씨의 가엾은 영혼이여, 영원히 잠들지어다.

"그런데 너희, 오늘 부모님께 허락은—— 아, 계셨구나."

신사 사무소 쪽에 이나바 린과 토리이 카에데의 어머니가 서서 이야기를 나누고 있다. 이쪽을 보고 인사를 했으므로 나도 고개를 숙였다. 분명 저 둘의 부모님이 제일 사이가 좋았지.

학원 강사라면 아이들만이 아니라 학부모 간의 인간관계도 파악하는 것은 상식이다. 아이들의 관계성과는 살짝 어긋나 성가시지만, 지망학교 선정에 관한 보호자 면담에서 도움이 된다. 이런 이야기는 언젠가 다시 하기로 하고.

"여섯 명이나 되니, 일단은요. 감독이 붙어 있으면 걱정하시지 않잖아요?"

대표자 같은 어조로 카에데가 생글생글 웃었다. 실제로 리더 노릇을 하며 집집마다 허락을 받은 것도 이 녀석이겠지.

이렇게 재간이 있는 녀석들은 중학교 입시에서도 성공할 확률이 높——.

"잠깐. 지금 몇 명이라고 했나?"

린과 히라리, 카에데, 스미레. 하나 둘 헤아려봐도 넷밖에 없다.

"응, 나머지 둘은요……."

카에데가 시선을 돌려 옆을 보았을 때.

숨을 헐떡이며 참배길 옆의 잡목림을 빠져나오는 녀석이 있었다.

"안 되겠어. 어디로 갔는지 모르겠네. 쫓아갈 방법이 없어서 그냥 돌아왔어."

나타난 것은 또 다른 5학년 알파반 여학생, 우즈라노 모모카였다. 팬시한 늑대 후드를 방한 더플코트 사양으로 바꾸었다.

"……아, 텐진 씨. 인사가 늦었네요. 근하신년이에요. 정초부터 강사답게 애들한테 거들먹거리면서 살고 있나요?"

나를 올려다보는 눈은 말과 마찬가지로, 여느 때와 다를 바 없이, 어른에 대한 도전적인 빛으로 가득했다.

"그럭저럭. 언니는 잘 있냐?"

"그럼요. 애들하고 놀 정도로는."

"초등학교 5학년 애들 사이에 끼는 중3이라……."

상상해보면 흐뭇한 광경이다. 사정을 모르는 사람이라면 우습게 여길지도 모르지만, 뼛속까지 히키코모리인 소녀에게는 매우 큰 한 걸음이다.

"아까도 다 같이 참배했지만요. 텐진 씨를 본 순간 메뚜기처럼 펄떡펄떡 뛰면서 어디로 가버려서. 완전히 놓쳐버렸네요."

"그 녀석은 정초부터 뭘 하고 있는 거야."

못난이 천사가 갈팡질팡하는 모습은 쉽게 상상이 갔으므로 나는 팔짱을 끼었다. 뭐, 멍멍이는 귀소본능이 있다고 하니 괜찮겠지. 괜찮으려나.

"……걱정해주는 건가요. 언니는 진짜 진심 완전 귀여우니까 당연하지요. 평범한 남자의 감각이라면 손을 대고 싶겠죠."

모모카는 나를 빤히 보았다. 무서운 걸 모르는 오만한 낯짝이다.

"텐진 씨, 출두할 거라면, 지금 가시는 게 좋을걸요?"

"왜 내가 공권력의 신세를 져야 하는데."

"흥~."

흘끔 주위의 급우들에게 시선을 돌린 모모카는 잠시 망설이며.

그렇게 뜸을 들이더니.

"그럼 말하겠지만요. 언니가 이나리네 집에 불려갔던 날."

모피 늑대 후드 속에서 날카로운 송곳니 같은 눈빛이 나를 살핀다.

"──그 다음, 언니한테 뭐 했어요?"

"암것도 안 했어."

"남자가 여자한테 뭣도 안 했으면 그렇게 되진 않아요."

"일일이 강세 넣어가며 말하지 말고 제대로 말해봐."

"고추 넣었어요?"

"바보냐?"

솔직한 말이 튀어나왔다. 강사에게는 있을 수 없는 폭언, 교육위원회 및 학교 외 교육협회 방면에 깊이 사과드립니다.

"고, 고츠── 모모모모모모모카는 정말?! 그런 이상한 말은 밖에서 하면 안 된다구──!"

귀를 새빨갛게 물들이며 스미레가 둘로 땋아 내린 머리를 좌우로 붕붕 거세게 휘저었다. 상관없는 얘기지만 어느 축구소년의 말투가 옮았구나.

그 옆에서.

"고추……?"

린이 몽실몽실 고개를 갸웃했다. 머리 위에 거대한 물음표가 둥실둥실 떠오른다.

"린네, 집에서…… 텐진, 선생님이, 고……추?"

비스듬하던 몽실몽실 얼굴이 다시 옆을 보니, 어이없다는 듯 눈을 감은 카에데가 있다.

"나한테 묻지 마."

가차 없는 말이다. 그 한쪽 눈이 한순간 뜨이더니 나를 흘끔 노려본다.

"선생님 변태. 변. 태."

"내가 무슨 잘못을 했는데……?"

"몰라요."

코로 짧은 숨을 내쉰 카에데는 고개를 돌렸다. 저는 이 일에 대해 아무 상관도 없으니까요, 하는 강한 의사 표현이다.

"……고추?"

결국 린은 1회전. 비스듬한 물음표는 원래의 스미레에게 향했다.

"고추…… 다들, 아나, 봐?"

"어, 어, 그그그그그럴까나 어떨까나 어떨는지?!"

"스미레도, 알아?"

"모모모모몰라! 하나도 몰라, 본 적도 들은 적도 없어!"

"……스미레, 거짓말쟁이."

"거짓말 아니야?!"

스미레는 좋게 말하면 솔직한 성격이고 나쁘게 말하면 매우 변명이 서툴다. 새빨간 얼굴로 갈팡질팡하는 급우를 바라보며, 린은 우우…… 하고 입을 꾹 다물었다.

"됐어. 어른들한테, 물어볼, 거야!"

이렇게 되면 고집스러워지는 것이 이 몽실몽실한 아이의 좋은 점이지만, 지금은 매우 안 좋은 점이다.

고양이도 죽이는 초등학생의 호기심. 이대로 두면 확실하게 누군가가 죽는다.

"텐진 선생님이, 여자애한테, 고추, 넣었다는데, 무슨 뜻이에요? ……하고 엄마한테 물어볼 거야!"

"아, 내가 죽나?"

린은 멀리서 우물가 회의를 하는 몬스터 페어런트 예비군 엄마질라를 향해 오종종 걸어갔다. 사형집행인의 걸음이 저런 걸까. 형사재판에 능한 변호사를 서둘러 머릿속으로 검색하고 있으려니,

"……헤, 칭!"

큰 재채기 소리가 났다.

그곳을 보니 히라리가 길게 콧물을 늘어뜨리고 있었다. 무표정으로 부들부들 떨면서, 헤추룩, 헤추룩 잇달아 또 재채기를 한다.

머플러를 칭칭 감았어도 전혀 방한이 안 되나 보다. 그러고 보니 이 녀석은 추위에 엄청 약했지.

"…………추워…… 추워추워……."

일련의 대화에 전혀 관심이 없다……기보다는 커뮤니케이션이라는 개념을 초월한 히라리는 분위기를 완전히 무시하고 내 롱코트를 쫑쫑 잡아당겼다.

"왜, 응? 왜?"

"난로……."

부들부들 떨며 코트 자락을 애용하는 우산 자루로 들추더니, 안쪽으로 폭 파고들었다.

"…………후우."

"후우는 무슨 후우야."

코타츠를 찾아 파고든 고양이처럼 히라리는 눈을 가늘

게 떴다.

"아, 아앗……!"

엄마에게 질문할 마음으로 그득했던 린은 벼락을 맞은 것처럼 멈춰 섰다.

입을 크게 벌리고 우리에게 오종종 달려온다.

"히, 히라리, 치사해……가 아니고. 좋겠다!"

작년 스티커 재분배 제도 소동 이후, 린은 친구의 성적을 부러워할 때는 솔직한 마음을 입에 담게 되었다. 일그러진 질투나 질시가 아니라.

순수한 선망은 분명 면학에도 도움이 되겠지.

"린도, 할래! 할게요! 실례할게요!"

뭐, 나한테는 전혀 도움이 안 되겠지만.

흉내 동물 린은 딱 부러지게 선언하고는 코타츠에 덮인 모포를 지나는 것처럼 내 코트 안으로 파고들었다.

"아! 엄청, 따뜻해! 텐트 속, 비밀기지, 같아!"

"…………응…….."

"대발견이야! 두근두근해, 그치!"

"…………응."

소곤소곤 비밀 이야기를 나누는 것처럼 이마를 맞대고, 린과 히라리는 서로 뺨과 뺨을 부비며 몽실몽실 흐늘흐늘 사이좋게 웃음을 나누었다.

하지만 이 『발견』은 나라는 식민지의 희생 위에 세워진 건데 말이죠. 신대륙에 제멋대로 도달해버린 콜럼버스

냐고.

"……1분만 있다 나와라."

두 아이가 너무 즐겁게 행복하게 한숨을 쉬고 있었으므로 나는 어쩔 수 없이 그 자리에 쪼그려 앉았다.

그러는 편이 롱코트 안에서 더 따뜻함을 만끽할 수 있겠지. 참배객들 틈에 숨어 부모님의 시선을 피한다거나 그런 게 아닙니다. 모모카 언저리에서 쓰레기를 보는 듯한 시선이 날아드는 기분이 들지만 기분 탓입니다.

참고로 다 큰 어른이 쪼그려 앉으면 무릎과 코트 사이에 생겨난 양쪽의 공간에 초등학생 5학년 여자아이가 쏙 들어간다. 중학생보다도 체온이 높고 유치원생보다도 용적이 크다. 천연 코타츠로 삼기에는 이 정도 나이가 제일 따뜻하다고.

이런 토막상식을, 여러분도 관할 경찰서 관내에서 열심히 살려보기 바란다.

📖

린과 히라리를 코트 밖으로 쫓아냈을 때쯤, 스미레가 안절부절 주위를 살피는 것을 알아차렸다.

시계를 신경 쓰기도 하고, 돌계단 쪽을 보기도 하고, 어쩐지 바쁘다.

그리고는 카에데의 팔을 슬쩍 잡아당겨서 무언가 신호

를 보내기도 했다.

"응, 알아."

눈토끼 귀마개가 까닥 움직여, 모두를 선도하듯 나에게 인사한다.

"죄송해요. 저희 그만 가봐야 해서."

"응. 미안하다, 붙잡아놔서. 몸 따뜻하게 하고 감기 안 걸리게 해라."

"고마워요, 선생님 착해. 조심할게요—— 스미레 말고는."

"……왜 스미레는 아니야?"

카에데는 장난스럽게 후후 웃더니.

끈으로 묶어 올리는 세련된 부츠 굽을 들어 발돋움하며 내게 속삭였다.

"스미레는 있죠, 오늘 료하고 신년 러브러브 첫 데이트 거든요. 후끈후끈해서 감기 걸릴 틈도 없을걸요?"

"왜왜왜왜왜말하고 그래?! 비밀이라고 그랬잖아!!"

카에데의 뒤에서 새로 산 키즈 부츠를 신은 스미레가 오늘 가장 큰 목소리로 얼굴을 붉히며 말했다.

"그래서 있죠, 남은 사람들은 헤어지는 척하고 몰래 따라가서 료가 신사적으로 에스코트하는지 엄중하게 채점할 거예요."

"그런 말은 못 들었어어어어어어어! 진짜아아아아아! 카에데 그런 애였어?!"

스미레는 친구의 코트를 쭉쭉 잡아당기며 바둥바둥 날뛰었다.

"료가 불쌍해! 맨날맨날 여자애들한테 놀림당하고! 그러지 말라구!"

"……스미레, 이젠 완전히 료 편을 들어주게 됐구나. 이정도는 해줘야지. 안 그러면 재미가 없는걸."

카에데는 보기 드물게 부루퉁한 표정을 지었다.

학급에서 가장 어른스러운 소녀는 뺨이 부풀 때만은 제 나이 또래로 보였다.

"맞아, 선생님도 같이 올래요? 불순 이성 교제 현행범으로 단속할래요?"

"내가 왜? 수업 중에 꽁냥거리면서 서로 공부에 방해만 하지 않으면 아무렴 어때."

"안 한다구!"

스미레가 축구소년처럼 발을 동동 굴렀다.

카에데는 그 모습을 보고 살짝 눈썹을 늘어뜨리며 웃었다.

"……료는 요즘 꽤 공부 열심히 하는 것 같더라고요. 알파반에서 떨어지면 헤어지니까."

"오, 그건 좋은 일인데. 그러고 보니 료 녀석, 요즘 가정학습 노트도 성실하게 하더라니."

"그렇죠? 아마 누구네 집에서 둘이 같이 공부하고 그러는 거 아닐까요."

"아, 아아, 안 한다구!"

스미레가 또 발을 동동 굴렀다. 이번만큼은 동요했다. 알아보기 쉽네.

"그러니까요, 다른 선생님한테는 비밀이지만, 이렇게 학원 밖에서 몰래 꽁냥거리는 건 아마 서로 공부하는 데 도움이 될 거예요."

"그렇겠네. 그렇다면야 열심히 해라."

"고마워요, 선생님. 이제 안심하고 사귈 수 있겠다. 좋겠네, 스미레."

"진짜! 카에데 바보! 몰라! 갈 거야! 바이바이!"

마침내 스미라가 완전히 삐졌다. 타는 듯이 뺨을 붉게 물들인 채 성큼성큼 큰 걸음으로 경내를 걸어 나간다.

"그럼 선생님, 또 학원에서 봐요. ……미안미안, 기분 풀어, 스미레! 그렇게 찡그리면 안 귀여워."

카에데가 내게 낼름 혀를 내밀고는 파닥파닥 종종걸음으로 스미레의 옆에 섰다. 부모님들이 그에 맞춰 움직이는 것이 보였다.

"……하아아, 좋겠다아……. 스미레랑 카에데, 완전 어른 같은 얘기, 했어. 린도, 언젠가, 흉내 낼 수 있을까……. 선생님, 안녕!"

린은 매우 감동하면서 그 뒤를 오종종 따라갔다. 어른 같은 얘기였나……?

"텐진 씨는 고추죄가 유야무야된 걸 신에게 감사하

세요."

모모카는 스마트폰으로 무언가 빠르게 메시지를 치면서 내게 무뚝뚝하게 인사하고 걸어갔다. 그 메시지 일단 확인은 했다만, 공권력에게 보낸 건 아니겠지?

"——그래서. 너 혼자 남았는데."

나는 발밑에 웅크리고 앉은 물체를 내려다보았다.

"..........! ......"

우산을 펼친 히라리는 선물 받은 그림을 멀거니 보고 있었다. 투 템포쯤 늦게 고개를 갸웃한다. 아니, "!"이 아니고.

"..........들......"

히라리는 한번 주위를 둘러보고, 친구들이 사라진 것을 확인했는지 어땠는지 흐느적 일어났다.

"..........새......"

신사의 경전에서 참배하는 사람처럼, 내 앞에서 깊이 고개를 숙였다.

"..........이......"

짝, 손을 마주하고는 또 멀거니 고개를 숙였다.

"..........아......"

그리고 그제야 걸어 나갔다. 흐늘흐늘, 애먼 방향으로. 대체 어디로 가는 거야. 저러다 길 잃지 않을까?

"으음, 그건 그렇다 쳐도 올해 첫날부터 난해하구만......"

솔직히 히라리 언어는 아직도 해독할 수 없을 때가 있다. 이렇게나 오래 함께했는데, 다문화 커뮤니케이션은 심오하군.

아는 사람이 있다면 부디 과거의 대화도 내게 해설해주었으면 좋겠다.

"나 원⋯⋯."

아무튼 모두를 보낸 나는 크게 기지개를 켰다.

특별업무로 신사에 참배를 왔다가 평소의 수업 풍경처럼 되고 말았다.

정초부터 고객을 만나다니, 일반적인 일이었으면 진저리를 쳤겠지. 하지만 지금은 마음도 따끈따끈 몸도 따끈따끈 란땃따. 역시 초등학생은 최고야.

냉큼 집에 가서 이 따뜻한 기분을 원고에 살려볼까——하고 발을 돌렸을 때.

"아?"

퍽, 하고 누군가가 등을 난폭하게 때렸다.

뒤에 있던 것은.

"30분 후. 돌계단. 1시간만."

조금 전에 헤어졌다고 생각했던 모모카였다.

"뭐? 뭐라고?"

"두 번 말 안 해."

엄청나게 언짢은 낯짝으로 고개를 돌려버린 채 말했다.

그녀의 손에는 아까와 마찬가지로 역시 스마트폰이 있다. 이번에는 통화 중인 모양이었다. 무언가 항변하는 상대측의 목소리가 들린다.

모모카는 한번 한숨을 쉬고는 스마트폰을 귀에 댔다.

나를 무시한 채 상대와 이야기한다.

"알았으니까. 냉큼 옷 갈아입은 성과를 보여주면 되잖아."

마치 말귀를 못 알아먹는 여동생을 설득하는 것 같은. 다정함과 엄격함이 공존하는 목소리였다.

한동안 전화로 말다툼을 하고 있었으나.

"이제 와서 이러쿵저러쿵 떠들지 마. 새로 시 쓴 거 본인한테 가르쳐줄 거야. ……뭐? 그치만 언니는 맨날 노트 두고 다니잖아. 그야 읽었지."

모모카는 긴 한숨을 쉬더니 억양 없이 말했다.

"『재잘재잘 쪽쪽쪽쪽♪ 러블리 러블리 마이 달링♡』."

그 직후 전화기 너머에서 꾸갸—이니 캬흑—이니 하는 대절규가 들렸다. 무슨 흑마술 주문인가?

그걸로 말다툼은 끝났는지.

모모카는 전화를 끊고는 다시 깊은 한숨을 쉬었다.

"그럼 텐진 씨, 그렇게 알고."

"아니, 뭐가 뭔지 전혀 모르겠는데……."

"그럼 그냥 집에 가든가요. 동생으로서 할 수 있는 일을 했을 뿐이니까."

어깨를 으쓱하고는 빠른 걸음으로 걸어 나간다.

"하~ 언니는 진짜 시 센스랑 생선 보는 눈이 없다 니까……."

중얼중얼 혼잣말을 하듯 투덜거리며, 가는 김에 방황하는 히라리를 회수해, 급우들에게 돌아가는 모모카.

뭔지 모르겠지만, 너 왠지 고생이 많은 것 같다. 사서 하는 고생.

사무소에서 부적을 고르며 시간을 보내다 30분 후에 찾아간 돌계단 밑에는.

"……이게 뭐야."

수수께끼의 종이컵 두 개가 지면에 공물처럼 놓여 있었다.

척 보기에도 새것이다. 아직 젖지 않은 걸 보면 누군가가 막 놓고 간 모양이다. 주워들자 바닥에 실이 이어진 것을 알 수 있었다.

누에고치에서 나온 것 같은 실은 맞은편 잡목림까지 이어졌다.

그리고 그 너머에, 남색으로 물든 사람의 실루엣이 있었다.

희뿌연 겨울 풍경 속에서 그곳만이 창공의 조각이 떨어

진 것처럼 산뜻했다. 근처를 오가는 사람들은 아름다운 창공을 그리워하듯 그 모습을 돌아보곤 했다.

"……으응……?"

눈을 가늘게 뜨며 다가가려 했더니 손바닥 안에서 종이컵이 진동했다.

저쪽에서 실을 팽팽하게 잡아당기고 있다.

그리고 들려오는 가느다란 목소리.

『들리나요…… 들리나요…… 텐진…… 텐진…… 지금…… 당신의…… 손바닥에…… 직접…… 말을 걸고 있습니다.』

음원은 실을 타고 이어진 저쪽, 조그만 남색 실루엣이다. 판별하기 어렵지만 아마 두 손에 종이컵을 들고 입가에 댄 채 어물어물 발성하는 듯했다.

나는 그것을 빤히 바라보다가,

"——실전화냐고!"

종이컵을 지면에 패대기칠 뻔했다. 디지털 전성기인 이 시대에 너무나도 로우테크. 초등학교 자유과제도 아니고.

『기, 기다려, 부수지 마!』

실루엣이 당황한 듯 멀리서 손을 흔든다.

그 정체는 물론,

『우리 모모카가 작년 여름방학에 손수 만든 거야. 소중히 다뤄.』

"진짜 자유 과제였냐고……. 그래, 언니가 동생의 사유

물을 가져와서 뭐 하는 건데."

우즈라노 자매 중 못난 쪽, 토에 언니다.

기껏 예쁜 남색 때때옷을 차려 입어놓고는, 이렇게 멀면 무늬도 표정도 알 수가 없잖아.

『가까이 오지 마! 내가 왜 실전화를 무단으로 가지고 나왔겠어.』

잡목림 쪽으로 다가가려 했더니 날카롭게 거부한다.

아무래도 이 실이 팽팽히 당겨진 만큼의 길이가 우리의 적정거리라는 뜻인가 보다. 엄청 머네.

"절찬 이혼 협의 중인 식어 빠진 가정도 이 정도는 아닐 거다."

『실제 우리의 관계성이란 것도 부부의 그것과 비슷하잖아.』

"아? 누구랑 누가? 부부?"

『돼, 됐고! 그 이상 접근하면 나한테도 생각이 있어.』

『생각이라니, 예를 들면?』

『……예, 예를 들면?』

종이컵 안에서 명백히 어리둥절해하는 목소리가 들려왔다.

제자에게 협박당하는 범죄 수단은 일취월장. 중학생들의 온갖 속임수에 희롱당하는 오늘날, 이 녀석만은 아직까지도 무계획으로 협박을 한다는 데에서, 사람에게는 적성과 비적성이란 게 있구나 싶은 생각에 공연히 슬퍼졌다.

『사람을 너무 무시하지 마. 나한테는 비장의 카드가 있으니까── 그 일을 세간에 퍼뜨릴 수도 있어.』

"그 일?"

『시치미 떼지 마. 저번에, 당신이…… 그 왜, 이나리 린네 집에서 돌아온 후에. 그…… 나, 나한테! 했던 일 말야! 알면서 그래!』

"…………."

『저기?! 왜 아무 말 없이 다가오는데?! 혹시 내가 농담하는 줄 알아? 웃기지 마. 진짜로 진심으로 이나리 린이나 토리이 카에데한테 다 말할 거야. 그래도 돼? 안 되겠지? 응? ……응?!』

허세를 부리는 언니. 애석하게도 동생이 이미 선수를 쳤단다.

덤으로 세간인지 뭔지가 초등학교 5학년 몇 명으로 한정된다는 것도 히키코모리 소녀의 슬픈 위크포인트지.

『뭔지 모를 한숨 쉬지 마! 어쩐지 열 받잖아! 당신 말야, 이제는 좀 반성이란 걸 해보는 게 어때? 아니, 해야만 해.』

"반성이라니. 내가 뭘 반성할 일이 있다고."

『배, 배 쨌어!』

토에가 바둥바둥 날뛰며 내 종이컵을 흔들어댔다.

예술감상회를 전후해 일어났던, 잔혹 편지 사건 이후.

예술에 눈을 뜬 린 화백이 자택에서 사생대회를 열었던
적이 있다.

그날 우리는 배부르게 저녁을 얻어먹었는데, 그때 딱 한
사람, 아무것도 먹지 않고 엎어졌던 녀석이 있다.

바보 모지리 못난이 천사, 우즈라노 토에.

구형 학교 수영복의 데생 모델은 불행하게도 이상적인
황금비처럼 부푼 가슴의 프로포션을 소유하고 있었다. 자
칭 글래머러스 악마의 것이 하염없이 사하라 사막처럼 보
일 정도로.

『더, 가슴 내밀고! 거기, 몽실몽실한 데, 어필하세요!』

『우우, 우우우…….』

『세상에서 제일 멋진, 미래의 히라리를 그리기 위해서
예요. 최선을 다해요! 흔들어요! 찝어요! 들어 올려요! 눌
러요! 늘려요! 쥐어짜세요!』

『ㅎㄱㅇㅇㅇㅇㅇㅇ~…….』

우의가 두터운 린 화백은 절대 타협하지 않았다. 부끄러
운 포즈를 무수히 강요당해, 안 그래도 한계치가 낮은 토
에는 완전히 과열되고 말았다.

"우리 린이 막무가내로 굴었죠. 정말 미안해요. 린, 언니
랑 선생님한테 고맙다고 해야지?"

린네 엄마질라는 딸이 예술적 센스를 발휘했다는 데에
크게 기뻐했다. 저녁을 먹은 후에도 오래 놀다 가라고 하

셨다.

다만—— 경험상 이런 타입의 부모에게는 깊이 파고들지 않는 편이 좋다.

빚을 만들면 입시 지도에 큰 위험성을 지게 된다.

"그럼 저는 이쯤 해서 가봐야겠습니다. 오늘은 실례가 많았습니다."

이미 데생 야간부는 클라이맥스를 맞이하고 있었다.

"다음! 언니는, 어. ……뒷모습이, 좋을까?"

"아뇨아뇨! 앞에서든 옆에서든 팍팍 그려주세요! 보세요, 이 나이스바디! 어떠신가요, 저의 어른스러운 매력이 무럭무럭무럭!"

"무. 무~ 무럭, 무럭……???"

산리오 머리띠를 매고 산리오 사무에*를 입고 산리오 붓을 쥔 린과, 드디어 주목을 받아 신이 난 세이카 일행에게 먼저 돌아가겠다는 뜻을 밝혔다.

덤으로,

"이 녀석도 중간까진 바래다줄 테니까."

힘이 빠져 드러누운 토에를, 구해줄 생각으로 끌고 밖으로 나오긴 했는데.

"후후, 후후후…… 겨우 깨달았어. 깨닫고 말았어. 난 초등학교 5학년한테도 무력했구나. 정말, 어쩔 수 없는 슬럼

---

  * 일본의 스님들이 일반 작업을 할 때 흔히 입는 작업복. 도예가나 화가 등 전통 예술을 하는 사람들도 즐겨 입는다.

가 쓰레기통의 먹이사슬 최하층 늪지대 밑바닥의 밑바닥의 밑바닥에 뚫린 구멍 속의 비참한 암캐…….”

토에는 완전히 꿈질꿈질 다우너 모드로 돌입했다.

“그렇게 멍청한 츠츠카쿠시 세이카 따위의 함정에 호락호락 빠져버리고. 머릿속은 꽃밭인 치치카포 사리사리사리타 허리케인에 담벼락 같은 담벼락.”

공허한 눈으로 김수한무를 읊으며 자학을 만트라처럼 중얼거린다.

하지만 이렇게까지 떨어져서도 빌어먹을 악마에 대한 매도는 결코 잊지 않는 점에서 원한이 골수에 사무친 모양이다. 견원지간이 아니라 견묘지간이라고 해야 하나.

“……그런 얼굴로 집에 돌아가면 언니 좋아맨이 걱정한다.”

어쩔 수 없이, 나는 근처의 공원에 들렀다.

토에의 기분이 회복될 때까지 벤치에서 푸념을 들어주기로 했다.

편의점에서 산 주스와 과자를 깨작거리며, 다우너 토에가 평소 자기 전에 생각하는 일이며, 선생님이나 동급생에 대한 감정, 그리고 우즈라노 가에서 살아간다는 것에 대해 하염없이 들었다.

딱히 희망적인 이야기도 아니니, 여기서는 뭐, 생략한다.

“목이 마르군…….”

그런데 세이카의 작가 데뷔 이야기를 들은 탓인지 나도 술을 퍼마시고 싶은 기분이었다. 편의점의 맥주와 안주를 있는 대로 사와, 본격적으로 공원에서 주스와 술을 짬뽕하기를 1시간——.

"학교는— 바보야아—!"

"잘 한다, 더해라~!"

"뒈져버려, 츠츠카쿠시 세이카! 내가 더 쎄다구! 여론조사 압승!"

"깔깔깔!"

——둘 다 완전히 헤롱헤롱 취해버리고 말았던 것이다.

달도 보이지 않는 밤, 외등 불빛만 가지고는 그림자도 잘 생기지 않는다.

혼연일체의 어둠으로 변한 공원에는 우리의 근처를 지나가는 사람도 없었다. 둥지를 잃어버린 겨울새가 말라붙은 덤불 속에서 홀로 울고 있었다.

그러나—— 일단은 제비를 메추리 둥지로 돌려보내야만 할 시각이다.*

"야~ 슬슬 돌아가자, 토에."

몽롱한 의식을 긁어모아, 나는 어찌저찌 토에의 팔을 잡아당겼다.

---

* '토에'는 겨울 제비(冬燕)라는 한자를 쓰며, '우즈라'는 메추리라는 뜻.

"시~ 져~ 텐진, 변태."

"뭐……?"

"어딜, 슈다듬는, 거야아―…… 그로면 앙대지~? 이런 데서는, 시져……."

인사불성의 북유럽 소녀는 흐물거리는 몸으로 비틀거리다 땅바닥에 엉덩방아까지 찧고는 헤실헤실 웃을 뿐. 주스 마시고 왜 이렇게 된 거야?

내 다리도 비틀거리는데, 발육 좋은 중학생을 옮기느라 엄청나게 고생했다. 그래도 필사적으로 힘을 쥐어짜내, 우즈라노 가의 문 앞까지 배달한 기억이 있다.

이건 틀림없다.

천지신명에게 맹세코, 나는 토에를 확실하게 배웅했다.

다만 내 집까지 돌아왔을 때,

"와아, 도착했다아―― 텐진, 일드웅……."

틀림없이 배송했던 여중생이, 흐물흐물 웃으며 내 오른팔에 단단히 매달려 있던 기억이 없는 것도 아니다. 무슨 탈출이 주특기인 마술사냐?

이리하여.

정신이 들고 보니 아침, 나는 자택의 침대에 누워 있었다.

입었던 옷 그대로, 어제와 같은 차림이었다. 정장은 위아래 할 것 없이 주름투성이였으며 넥타이도 몇 겹으로 꺾였다. 목욕도 안 했고 수염도 안 깎았다.

"젠, 장……."

자석처럼 둔중하게 달라붙은 눈꺼풀을 힘겹게 들어 올리자, 탐스럽게 영근 과일의 무게가 손바닥에 함초롬히 빨려드는 감촉이 들었다.

토에다.

내 옆에서, 가느다란 숨결까지 닿을 만한 거리에서, 바늘 같은 속눈썹이 흔들린다.

"…………뭐야 이거."

이것저것 생각하려고 한 순간 지병 같은 숙취가 찾아왔다. 격렬한 통증을 호소하는 머리를 겨우겨우 이겨내는 사이에, 상대도 몸을 움찔거리더니, 눈을 떴다.

"후후, 텐진이다아……."

색소가 희미한 눈동자가 나를 비추며 촉촉하게 녹아들었다. 아직까지 꿈을 꾸는 표정으로, 달짝지근한 목소리가 한 마디 두 마디.

"어제는 즐거웠어——."

내 가슴팍에 몸을 기대려다가,

"——아, 아야야야…… 이거 뭐야……."

토에도 두통에 사로잡힌 모양이었다.

심벌의 제창처럼 지끈지끈 울려대는 통증에 미간을 찡 그리고 짧은 숨을 몇 번이나 토해낸다.

"……아야야야, 야야, 야?"

서서히 깨어난 눈이 다시 한 번 나를 바라본다.

어리둥절한 얼굴로 고개를 갸웃하고, 천천히 시선을 떨
군다. 거의 알몸인 자신을 시야에 담고, 내 손바닥과의 접
촉상태도 확인하고, 눈을 깜빡거린다.

"…………야?"

턱을 들고 주위를 두리번거리더니, 이곳이 내 집이고 내
침대이며 내가 옆에 있다는 사실을 단계적으로 이해한 듯
했다.

꼬박 한 바퀴를 돈 시선이 마지막으로 다시 한 번 자신
의 가슴께에 안착하자, 찰랑찰랑 출렁출렁 과일이 크게 흔
들렸다.

"……야, 히, 삐………."

첫눈과도 같이 새하얗고 티 한 점 없는 피부에 서서히
붉은 기가 늘어났다.

그것은 희미한 복숭아색에서 분홍색으로 바뀌고, 이윽
고 타는 듯한 붉은색으로 물들어——

"삐, 삐, 삐삐, 삐삐삐, 삐삐삐삐삐삐삐삐삐삐삐삐삐삐삐삐
삑삑삑."

"삐삐? 새냐? 아니면 알람시계?"

"삐냐아아아아아아아아아아아악!!!"

완전히 끓어오른 제비가 지붕을 뚫을 듯한 수증기폭발
을 일으켰다.

몸을 벌렁 젖히며 벌떡 일어났다가 중력에 이끌린 시트

가 떨어져, 태어난 그대로의 알몸을 고스란히 드러내 주었다. 절경, 절경이로다.

"삐요에에에에에에에에에엑!!!"

다시 침대로 다이브해 이불로 몸을 말고 칠전팔도 대점프, 바닥에 굴러 떨어져 일곱 번 넘어졌다 여덟 번 일어나는 연속 앞구르기, 우리 집 밖으로 전력 질주.

하지만 물론 알몸은 알몸이었으므로,

"삐슈오오오오오오오오오오옷!!!"

가슴께의 천조각을 끌어안고 절규하며 돌아왔다.

우는 건지 화내는 건지 웃는 건지 당황하는지 전혀 알 수 없는 엉망진창인 얼굴로 나를 가리키더니,

"삐규우우우우우우우우우우우!!!"

"뭐라고 말하는지 모르겠다. 어쩌냐."

"삐쟈아아아아아아아아아악!!!"

주위에 있는 것, 티슈통이며 베개며 타월이며 코케시 같은 것을 휙휙 내게 마구 집어던지고, 여기저기 벗어놓은 자기 옷을 겨우 발견하고는 광속으로 장착.

"삐삐삐삐삐삐삐삐삐삐삐삑—!"

그리고 실내의 거의 모든 물체에 걸려 넘어지고, 문에 부딪치고, 집 밖의 난간에 쿵쾅쿵쾅쿵쾅 충돌하며, 폭풍에 휩쓸린 철새처럼 떠나갔다.

그 자리에는 뒤집어진 둥지 같은 참상만이 남았다.

조금 있으려니 옆집 사람이 경찰을 부를지 말지 주저주

저 인터폰을 누르기까지 했다. 선량한 사회인을 의심하는 그 눈을 잊을 수 없다.

……당장 이사해야겠구만, 이거.

그 후로 시간이 지나, 이렇게 설날에 신사에서 맞닥뜨린 셈인데.

『그날의 소행, 잊었다고는 못하겠지. 이 짐승…….』

실전화에서 들려오는 목소리는 노발이 충천한 듯했다.

그 후로 토에는 나와 절대 만나려 하지 않았다.

대신 빌어먹을 장문의 메시지를 앱으로 날려, 아동학대라느니 착취구조라느니 UN 헌장이라느니 매일 낮 매일 밤 호소해길래, 논술 연습인가 싶어 꾸준히 첨삭지도를 해주었다. 현대국어가 조금 서투니까, 북유럽 소녀는.

그리고 그때마다 꼬박꼬박 지적받은 곳을 퇴고해 다시 보내니, 이것도 뭐 개인레슨 중 하나라고 생각했지, 나는.

『무슨 태평한 소리를 하고 있어. 당신은 원래 같으면 국제 중범죄자인 진심 리얼 로리콘 쓰레기 민달팽이야.』

"마침내 패션 로리콘 인증에서도 벗어나고 말았구만……."

『이렇게 말을 걸어주는 것만으로도 당신은 내 온정에 큰 절을 올리며 감사해야 돼.』

실전화 너머에서 남색 기모노를 꽉 끌어안는 듯한 움직임이 있었다.

『드러내선 안 될 걸 드러나게 만든 죄로, 법정에서 다 드러낼 수도 있어.』

"난 스스로 옷 갈아입을 기력도 없었어⋯⋯. 너만 벗고 있었던 원인이라면 하나밖에 생각할 수 없잖아?"

『뭔데?』

"너 잘 때 옷 다 벗는 버릇 있는 거 아니야?"

『뭐⋯⋯ 당신이 그걸 어떻게 알아. 서, 설마, 평소에도 날 따라다녔던 거야! 드디어 자백했구나, 변태 로리콘 도촬범죄자!』

"지극히 자연스러운 추리다만. 열 명 중에 열 명이 떠올릴 논리적 귀결이라고."

『하, 하지만! 설령 내가 스스로 벗었다고 해도 당신이 무죄가 되진 않아. 아무 짓도 안 했다고 증명할 수 있어?』

"네네 악마의 증명, 악마의 증명."

그런 건 세이카의 영역이다. 천사 속성인 주제에 아무 말이나 주워섬기지 마라.

『증명할 수 없다면 당신은 나한테 분명 뭔가 했어. 당연히 했을 거야. 그, 그렇지 않다면⋯⋯⋯⋯ 왠지, 비참⋯⋯.』

토에는 말을 어물거렸다.

요컨대 이 녀석, 무슨 일이 있었는지 전혀 기억하지 못

하는 주제에, 무슨 일이 있었던 게 틀림없다고 떠보는 것이다.

『아, 아니야! 난 틀림없이 그날 밤의 감촉을 기억해.』

"감촉~?"

『그러니까, 그······. 어······ 가······ 가, 가, 가······ 스······.』

"뭐? 안 들려, 똑바로 말해."

『그, 그러니까······ 내, 가스······ㅁ······ 우우, 우우우우우~.』

도적단에게 붙잡혀 곤욕을 치르는 여기사 같은 고뇌의 목소리가 흘러나온 후,

"──유방에! 당신의 손바닥 감촉이 있었습니다!"

자포자기한 것처럼 크고도 큰 고함소리가 잡목림에 울려 퍼졌다. 놀란 새들이 푸드득 날아올랐다.

실전화 너머에서 그 녀석이 울먹이며 눈을 질끈 감는 것을 보지 않아도 알 수 있었다. 선생님은 그런 이상한 플레이는 좋지 않다고 생각해.

『어때?! 이래도 도망칠 수 있을 것 같아?』

"······응, 그건 외박 후 섬망증이라는 거야. 베개가 바뀌는 바람에 잠이 얕아져서 있지도 않았던 성적 환각을 실제 체험처럼 느끼는 전형적인 증상이지."

『그런 병은 태어나서 처음 들어봤거든?! 어리다고 무시하지 마, 베개 좀 바뀌었다고 문제가 생겼다면 훨씬 큰 문

제가 됐을 거 아냐?』

"베개를 무시하지 마. 소재는 물론이고 높이나 탄력, 무게, 폭 모두 수면의 질에 직결됐다고 해도 과언이 아니라고. 인생의 4분의 1은 잠자는 시간에 할애하게 되니 인류는 좀 더 진지하게 베개와 마주해야 해."

『베개보다도 눈앞의 나와 마주하라고!! 하필이면 왜 그 논점으로 싸우려고 하는데?!』

"이 이상은 얘기해봤자 결말이 나질 않겠군. 오늘은 이쯤 해두지."

『그거 완전히 악당 대사잖아! 당신 혹시 내가 생각한 것보다도 더…… 야, 야한 짓을 해놓고, 억지로 얼버무리려고…….』

"난 양심에 거리끼는 짓은 하나도 안 했어. 그보다 네가 망상한 야한 일의 알맹이를 자세히 말해봐. 구체적으로 어떤 행위를 상정했던 건데?"

『그, 그런 걸 어떻게 말해요?!』

"말 못할 만한 일이야? 남에게 털어놓지 못할 만한 시추에이션을 머릿속으로 부풀리고 있었어?"

『그런 식으로 또 괴롭히고…….』

토에는 머리를 감싸 안고 유치원생처럼 쪼그려 앉아버렸다.

"이상하잖아, 이건 분명 나한테 유리한 싸움이었는데. 왜 맨날 말발에서 밀리는 거야……?"

그야 뭐, 어느 빌어먹을 악마처럼 초차원 우주최강 엉망진창 자기 논리를 들이대지 않으니까 그렇지. 말싸움은 바보가 된 사람이 이기는 법이다.

"너도 일일이 진지하게 받아들이지 말고 마음을 강하게 먹어."

"그러게. 전부 내가 약한 게 잘못이네."

"응?"

"우즈라노 토에는 바보에 얼간이에 막돼먹은 히키코모리니까. 이렇게 늘 혼자 제멋대로 망상하고 진짜 현실에서 도망치고, 당신한테도 폐만 끼치고. 네네 죽을게요 바이바이."

"오순도순 담판 짓다가 전력으로 다우너 액셀 밟지 말아줄래? 고저차가 너무 심하다."

나는 한숨을 쉬었다.

그 숨이 쪼그리고 앉은 토에의, 머리를 틀어올린 장식에 와 닿았다.

"......어?"

토에가 감았던 눈을 번쩍 떴다.

"왜, 왜 여기에……."

실전화를 통한 대화는 이미 한참 전에 끝났다.

우리는 손을 뻗지 않아도 닿을 만한 거리에 있었다.

눈을 감아버린 것이 화근. 그동안 실전화를 버리고 후다닥 달려와 거리를 좁힌 나의 승리다.

"어른의 두뇌플레이란 거지."

"……자기 입으로 할 소리야?"

쓸모없는 물건이 된 종이컵을 꽉 움켜쥐고, 토에는 희미한 입술을 분하다는 듯이 깨물었다. 그녀의 뺨은 아직도 살짝 발그레했다.

말도 안 되는 논리를 늘어놓았던 것은 일부러였다.

아니, 정말. 진짜로. 토에를 괴롭히고 싶었다거나 그런 욕망은 전혀 없었답니다.

어느 못난이 악마 같은 행동을 보이면, 늘 우위를 점하고 싶어 하는 토에는 울컥해서 논파하려 들고 주의가 산만해질 거라 생각했다.

이 게임의 목적은 얼굴이 보이지 않는 실전화로 끝나지 않는 논쟁을 하는 것이 아니다. 제대로, 눈을 보고, 제자의 상태를 확인하는 것이다.

"제법 오래 못 만났으니까. 잘 지냈냐?"

"……뭐, 혼자 잘 지내고 있었지만요……."

토에는 어딘가 토라진 것처럼 시선을 돌렸다.

"당신 말이 맞겠죠. 어차피 나한테는 관심도 없으니까. 그날 있었던 일은 단순히 사고였어. 동요해서 제대로 밥도 못 먹었던 바보 같은 애가 혼자 설쳤던 거야. 게임은 내가 진 걸로 해도 좋아."

쌀쌀맞게 들이댄 등에는 매듭을 리본 형태로 어레인지

한 기모노의 오비가 보였다. 입고 벗는 데 엄청나게 시간이 걸릴 테니 도저히 혼자서는 준비할 수 없다.

얇은 매니큐어와 꽃 색깔 머리장식도 남색 기모노의 무늬에 맞춘 것이어서, 중학생이 멋을 부리는 데에 얼마나 진심인지가 엿보였다.

이건, 모모카의 말로 추측컨대—— 일부러 갈아입고 온 것이겠지. 약속을 잡고, 오랜만에 만나는 사람을 위해.

"······잠깐 일어나서 한 바퀴 돌아봐."

"뭐? 내가 왜?"

"아니, 기모노가 예쁘다 싶어서. 좀 잘 보여줘봐."

자연스럽게 말이 나왔다. 화제를 바꾸고 싶어서가 아니고.

토에의 어깨가 흠칫 떨렸다.

"······그러지 뭐."

두툼한 가죽 조리를 지면과 살짝 마찰시키듯 돈다. 길게 늘어진 소매가 천사가 뿌리는 깃털처럼 허공에서 춤춘다.

하늘에서 떨어진 창공의 파편이라고 생각했던 것은 딱히 착각이 아니었던 모양이다.

가까이에서 보면 볼수록 산뜻함이 돋보인다.

"너, 잘 어울린다."

"그, 그래······."

다시 내게 등을 돌린 토에가 움찔거리며 오비를 들썩거렸다.

"당신이 뭐라고 생각하는 알 바는 아니지만. 뭐, 그래도 일단은 물어볼게요. 어울린다면, 어떤 식으로?"

"어떤 식으로…… 어떤 식으로?"

여성의 옷을 칭찬할 때 '어울린다' '고마워' 이상의 말이 있었던가. 그런 건 학원에서도 안 가르쳐 주는데.

떠오르는 말은 딱히 없었지만, 토에의 조리가 기대하듯 지면을 지근지근 비벼대는 것을 보면, 공연한 소리를 했다 간 땅속까지 파고드는 다우너 모드가 재현되리란 것은 빛의 이면에 그림자가 있다는 것만큼 명백했으므로, 적잖이 당황한 후에,

"그러니까 뭐냐…… 벗기고 싶어질 정도로?"

최악의 선택지를 고르고 말았다. 으음, 분위기 망했네.

"………………."

토에의 조리가 우뚝 멈추었다.

그야 그렇게 되겠지요. 옷을 칭찬하는 형용사로 벗기고 싶다는 게 우선 뭔 소린지 모르겠고, 애초에 벗는다 벗긴다는 단어는 아까의 토에 전라 문제에 다이렉트로 링크되는 거 아니냐고.

"아니야, 실수, 그게 아니고——."

"이제 와서 정정해봤자 한 번 뱉은 말은 두 번 다시 사라지지 않아. 당신은, 날, 외설적인 생각의 대상으로 삼았어!"

토에는 싸늘하게 내 말을 가로막았다.

극렬하게 격렬하게, 날카로운 동작으로 나를 돌아본다. 얼음 여왕과도 같은 모습으로 손가락을 들이대더니,

"……텐진, 변태."

그 눈에서 살짝 노기가 풀린 것 같았다. 얘 진심인가.

"어, 아니…… 뭐, 응. 네가 예쁘게 차려입고 있으니까, 나도 모르게 괴롭혀지고 싶어졌나 봐. 미안해."

"……텐진, 응큼해."

그 목소리가 어딘가 모르게 들뜬 것 같았다. 얘 마조인가.

"근데 말야, 토에. 나중에 문제가 되는 건 싫으니까 오해하지 않았으면 하는데."

"응, 뭔데에?"

"내 취향은 내 또래야. 하다못해 성인이 아니면 사정권 밖. 초등학생보다 한두 살 더 먹은 중학생한테는 털끝만큼도 관심이 없어."

"——아? 털? 무슨 털? 봤어?"

"관용구다, 관용구. 어디긴 내가 묻고 싶다. 어딘데……."

"…………."

"뭐, 아무튼. 토에는 상상력이 풍부한 점이 매력 포인트 중 하나지. 알아. 하지만 말야, 너무 이상한 상상으로 이어지는 장르의 책을 읽는 건 좀 그래. 그런 건 적당히 하자, 응?"

한 사람의 어엿한 어른으로서 아이들을 비호하기 위해. 다정한 충고를 있는 그대로 전했더니.

"이, 이…… ──버, 려…….."

손아귀 안에서 납작해질 때까지 구겨진 종이컵이 부들부들 떨렸다.

"응? 뭐라고?"

"이 세상에서 생각할 수 있는 최대한의 격통, 절망, 환란, 고난을 맛보고 비참하게 죽어버려. 하지만 그 전에 내가 죽을래. 쓰레기, 오물, 찌꺼기, 썩어빠진 바보야!"

토에는 붉으락푸르락하며 노성을 터뜨리더니, 마침내 빽빽 울었다.

이로써 역전 게임오버, 오늘의 커뮤니케이션은 종료입니다. 틀린 말은 안 한 것 같은데. 중학생들은 정말 어려워.

📖

"아무튼 새해 선물 줄 테니까 기분 풀어."

"딱히, 처음부터 화난 거 아니었어."

우리는 나란히 서서 우즈라노 가를 향해 주택가를 어슬렁어슬렁 걸었다.

폭소와 눈물의 교류를 거친 덕에, 토에와의 유대가 한층 더 깊어진 것 같다. 비 온 후에 땅이 굳는다는 거구나!

"……처음부터 화난 건 아니었지만, 죽을 만큼 속이 뒤집히긴 합니다."

"너 그렇게 가끔씩 존댓말 쓰는 거 하지 마라. 기준이 뭔지 모르니까 무서워."

"네네. 죽을 때까지 뜬금없이 무서워하든가."

기모노를 입었을 때의 행동에 대해서는 잘 모르는지 쭈뼛쭈뼛 걷는 토에. 하지만 어깨에서는 분명 긴장이 풀린 것을 알 수 있었다.

화가 나지 않았다는 말은 사실인 듯했다.

"그럼 새해 선물은 필요 없어?"

"……받을 건데?"

토에는 무뚝뚝한 태도로 내게 한 손을 내밀었다.

"자, 여기."

거기에, 조금 전 기다리면서 사무소에서 샀던 조그만 주머니를 떨구었다.

"1년 동안 쓸 부적이야. 효험이 있는진 모르겠지만. 우울해지면 그걸 네 신령님이라든가 생각하면서 기분을 풀어봐."

"……으, 응."

토에는 조그만 주머니를 가슴에 꼭 쥐었다. 눈꼬리가 슬그머니 내려간다.

"고마워, **신령님**. 오래, 오래오래 소중히 간직할게."

그리고 티 없이 웃었다.

"어……."

생각보다도 기뻐서 내가 갈팡질팡했다.

어느 부적으로 할지 무녀님이 물어봤을 때, 순산 기원으로 하는 혼신의 개그를 생각하기도 했지만. 액막이로 하길 정말 잘했지.

"……뭐?"

토에의 눈빛이 영하로 떨어졌다. 내 생각 읽지 마. 내심의 자유는 헌법으로 인정받은 거라구.

"정말…… 솔직하게 감동하도록 좀 놔둬. 금방 그렇게 방어막을 친다니깐……."

투덜투덜 중얼거리는 토에의 손바닥을 다시 펴게 한 다음 조그만 자루를 떨어뜨렸다. 하나 더.

"이건 모모카 거야. 이것저것 고생하는 것 같으니까."

"어머, 고마워. 배려심이 있네. ……하지만 걔는 당신 싫어하니까 받을지 모르겠는데."

"그건 네가 줘……."

역시 그 녀석은 어른을 진짜 레알 싫어하는구나.

그래도 토에와의 사이에 다리를 놓아줬으니, 그 이상으로 언니를 좋아한다는 증거이기도 하겠지만.

"……그렇겠네. 걔 덕에, 만나기 힘들었던 사람이랑 만나게 됐고. 나도 고맙다고 해야지……."

토에는 손바닥의 조그만 주머니를 만지작거리며 생각에 잠기듯 시선을 떨구었다.

"저, 저기, 당신."

"응?"

"다음에, 모모카 선물 고르러, 대도시로 나가볼까 하는데."

"대도시라는 표현이 이미 불안을 자극한다만?"

실제로 이 녀석에게는 전철을 타고 도심으로 가는 것만도 대모험이다. 어마어마한 맥박 불안 호흡곤란 경기 발작을 일으킬 예감도 든다.

"그러니까, 만약 괜찮다면, 또, 낮의 레슨을 재개해줄 수 없을까 하고……."

토에는 여전히 시선을 딸군 채 우물쭈물하며 말했다.

"상관없어."

나는 가볍게 고개를 끄덕인 다음 살짝 고개를 꼬았다.

"하지만 이것저것 일이 밀려 있으니까 조금 미뤄도 될까?"

"물론. ……당신 요즘 뭐 하는데?"

"일한다만? 자나 깨나 망자처럼 일한다만?"

"TAX가 블랙인 건 좀 그렇지 않나 싶지만. 그게 아니고. 그 왜…… 그거랑, 그 여자랑. 만나잖아."

토에는 짜증난다는 듯 말했다.

이 녀석이 가증스럽다는 듯이 대명사로 부르는 사람이라면 한 명밖에 떠오르지 않는다.

"세이카라면 요즘 잘 만나지도 못해. 그 녀석도 엄청나게 바빠진 것 같으니. 굳이 따지자면 그 녀석의 라이벌 같은 녀석은 자주 만나고 있지."

"흐음……?"

고개를 갸웃하는 토에에게 나는 아주 애매하게 설명했다.

나의 영역에 세이카 녀석이 파고 들어왔던 것. 학업과의 양립에 고생이라 자는 시간도 아끼고 있는 듯하다는 것. 나는 어쩌다가 라이벌 포지션에 있는 녀석을 응원해야만 하는 입장이 됐다는 것.

가끔 TAX에서 마주치는 세이카의 눈 밑에는 커다란 다크서클이 생겼다.

우아함을 뽐내고 싶어하는 그 자칭 우등생이, 체면이고 뭐고 다 내팽개치고 몰두하는 것이다. 침식을 아껴가며, 내 레슨을 줄여가며── 첫 상업작품을 만드는 데 열중하는 것이다.

"내가 정말로 세이카의 라이벌 편을 들어줘야 할까?"

"…………몰라."

토에는 엄청나게 불쾌한 듯이 눈을 가늘게 떴다. 걸음이 묘하게 느려졌다.

그래도 한번 한숨을 쉬더니,

"당신이 말은 무슨 소린지 하나도 못 알아듣겠지만. 요컨대 당신은 불법적인 딜러 일을 하고 있는데 그 영역에 건방진 도둑고양이가 끼어들었단 말이지. 적대 조직을 부추거서 결판을 낼지 말지 두목하고 상담하고 있고."

"그렇구나. 완전 틀렸지만 대충 비슷해."

평소 애독하는 책의 장르를 알겠군요.

"우선 당신, 착각하는 것 같은데."

"응?"

"당신이 다소 적 쪽으로 돌아선다고 해도 그 여자가 고민할 사람으로 보여? 더 불타서 203 고지를 향해 전군 돌격할 재료로 삼을걸."

"그야 뭐, 그럴지도 모르지만."

"가령 라이벌인지 뭔지한테 호되게 패배할 계기를 당신이 만들어줬다고 쳐도. 그건 늦든 이르든 그 여자한테 찾아올 일이야. 안 그래도 헛꿈만 꾸는 후안무치 고양이에게 현실을 알려줄 의무는 당신한테 있는 거 아냐?"

빌어먹을 악마에게, 가혹한 현실을, 인식시킨다.

그런 아크로바틱 커뮤니케이션을 남에게 할 수 있을지는 모르겠지만——.

문득 파티에서의 한 장면이 떠올랐다. 으스대는 얼굴로 세이카의 작품을 논평하던 작가들과, 떨리던 가녀린 어깨가.

만에 하나라도, 세이카가 다른 녀석들에게 패배한다면.

"——……그렇군."

왠지 모르게 속이 끓는 것도 같다.

"그런 거지. 나 원……."

탄식한 토에는 다시 약간 더 걸음을 멈추었다.

"사자는 자기 새끼를 절벽에 떨어뜨린다고 하잖아."

"그렇다더라."

"그러니까 냉큼 그 시건방진 도발쟁이 고양이를 떨어뜨려서 죽여버려."

"예쁜 말, 예쁜 말."

나는 어깨를 움츠렸다. 개랑 고양이끼리 사이좋게 싸워라, 응?

"……당신은 내 인생의 강사니까. 그런 시시한 영역의 일은 잊어버리면 될 텐데."

중얼거리면서 조리를 지면에 천천히 끄는 토에.

예정으로는 우즈라노 가에 도착할 무렵일 텐데, 아무리 걸어도 나타나질 않는다. 목적지까지의 거리가 절반에 이를 때마다 때때옷을 입은 중학생의 걸음 속도가 절반으로 떨어지는 것이다. 제논의 패러독스인가?

"흠……."

나는 턱을 문질렀다.

뭐, 하지만, 그건 그렇지──. 공연히 더 부풀었다가 밟히는 것보다는, 지금 한번 밟히는 방법을 배워두는 편이 상처가 적을 것이다.

일부러 라이벌, 야야의 편을 들어서.

제자를 단련시키는 것도, 학원 강사의 일일까.

다소 어깨에서 힘이 빠져나간 기분이 들어, 맑은 오후 시간을 제자와 산책하며 보냈다.

애석하게도.
그 생각은 근본적으로 잘못됐던 것이지만.

1월 마지막 주말.

아키하바라 역 앞은 온갖 속성의 인간들로 붐볐다.

중국인 단체여행객, 미국인 가족 여행객, 태국인 유학생 집단, 커다란 프랑스인 친구들, 일본인 커플, 터키인 노점상, 베트남인 점원, 그리고 국적 불명의 코스플레이어들.

역시 일본에서도 손꼽히는 관광지다. 내가 학생이었을 때와 비교해 거리의 분위기 그 자체가 바뀐 것 같다.

"이쪽이에요, 선생님!"

변해버린 거리를 회고에 잠긴 노인 같은 기분으로 바라보고 있으려니, 꺅꺅거리는 목소리가 등을 후려쳤다.

설령 세상 어디로 가더라도 찾을 수 있는 목소리다.

한껏 발돋움해 여대생을 흉내 낸 여고생에 가까워지려고 하는 여중생과도 같은 복장을 한, 평소의 츠츠카쿠시 세이카가 역 건물의 입구 근처에서 내게 붕붕 손을 흔들고 있었다.

"──길 잃은 양이여── 이정표는 여기에──."

그 옆에는 야야.

"일찍 도착하셨군요──. 이제 곧 저희의 담당자도 올 것입니다──."

금발 가발을 제대로 장착하고 자애로운 미소를 짓고 있다. 그러고 있으면 신으로밖에 보이지 않아, 정체를 아는

데도 이상한 도취감이 든다.

이쪽은 수상식 때와 같은 교복 차림이라 거의 달라진 게 없다. 패션에 별로 관심이 없는지도 모른다.

"오늘은 저의──가 아니라! 저희의 처녀작 출간에 따른 서점 순례에 동참해주셔서 고맙습니다."

세이카는 조신하게 고개를 숙였다. 처녀작이라는 말에 과잉 반응해 날뛰던 질문 교실을 떠올려보면, 정말 성장했구나······. 오늘의 기분은 노인 텐션이니 나도 모르게 먼 곳을 보는 표정을 짓고 말았다.

남의 눈이 있으니 내숭을 떨고 있을 뿐, 일 가능성도 높지만.

"미성년자인 저희에게는 보호자 동반이 필요하기 때문에, 텐진 선생님께서 와주셔서 정말 다행이에요."

"이 시간이라면 수업도 없고······ 이미 올라탄 배이기도 하니까. 여러 가지 의미에서."

"하지만 정말 놀랐어요──. 야야 씨가 텐진 선생님의 동료의 동생이라니."

동기 수상자를 흘끔 쳐다보며 세이카는 손을 짝 마주 쳤다.

그날, 거래라는 이름의 협박이 이루어졌던 수상자 대기 실에서.

쿵쾅쿵쾅 침입한 현장 확인 고양이에게, 얼른 가발을 쓴

야야가 낭랑하게 늘어놓았던 것이다.

『야야의 언니의 친구와 만날 수 있었던 우연—— 하늘의 은총에 감사를 드리나이다——.』

공통된 지인이 있어 깜빡하고 이야기에 몰두해버렸다. 장례식에서 먼 친척과 만나는 것과 비슷하다……는 스토리는 나름대로 설득력이 있었다.

직전에 획득했던 정보를 모조리 활용해 말을 맞춰준 야야에게 세이카는 고스란히 속아 넘어가고 말았다. 맹진저돌 소녀를 가지고 노는 교묘한 신의 화술, 정말로 자신이라면 어떻게든 할 수 있다고 호언장담할 만했다.

그 후로 야야의 부탁을 받아 몇 쯤 캐릭터 메이킹에 관해 의논을 했는데—— 결국 신 캐릭터를 답습하는 것이 가장 잘 맞았던 거 아닐까.

"……."

나는 아직도 신의 어조로 말하는 이 녀석을 보면 긴장이 들고 만다.

어쩐지 거리를 벌리고 있으려니,

"……텐군, 괜찮아."

야야는 소리도 없이 내 품으로 미끄러져 들어왔다.

세이카의 눈을 피하면서 몰래 귓엣말을 하였다.

"당신의 또 다른 직업은 그녀에게는 말하지 않았어. 비밀로 하고 있다고 담당 편집자한테 들었어."

"네네, 그거 고맙네요."

나는 어깨를 으쓱하고 몇 걸음 뒤로 물러났다.

"……야야도 당신한테 정체를 들켰어. 야야하고 당신은 어떤 의미에선 대등해."

"그럴지도. 나도 네가 싫증 내기 전까지는 야야야 야야의 캐릭터 프로듀스인지 뭔지에 어울려줄 생각이다."

"야야는 거래 지켜. 안심해도 돼."

"그 점에서는 신용하지. 넌 손해 득실을 따질 줄 아는 녀석이잖아."

"정말로."

"그래."

"……그런데, 왜 다가갈 때마다 멀어져?"

야야는 무표정하게 고개를 갸웃했다.

세이카의 근처에서 비밀 이야기를 한다는 이 상황 그 자체가 위험하니까 그렇지. 어쩐지 남편 몰래 젊은 제비와 바람을 피우는 유부녀 같잖아. 아니, 난 아내가 아니지만, 애초에 바람을 피운다는 개념이 존재하지 않지만!

"저기요? 두 분이 상당히 사이가 좋으신 것 같은데……?"

보라고. 남편이, 가 아니라, 세이카가 의심하는 표정으로 우릴 보고 있었다. 아니에요, 오해예요. 이 사람에게 협박당했을 뿐이에요.

"방황하는 어린 양이여—— 두려워하지 마십시오, 근심하지 마십시오——."

야야는 금세 자애의 미소를 지었다. 형상기억된 것처럼.

"그대를 소중히 한다는—— 그런 이야기였습니다——."

"텐진 선생님이 저를요?! 그렇겠죠, 백 년 전부터 알고 있었답니다!"

"어린 양의 미래는 전도양양하니—— 이웃의 사랑을 믿으십시오——. 그대가 이웃을 사랑하듯——."

"그리고 두 사람은 영원한 낙원에서 맺어진다는 거군요, 야야신님!"

세이카는 초롱초롱 눈을 빛내며 야야에게 기도를 올렸다.

금방 분위기 타는 녀석에게 그럴듯한 분위기로 말하면 어떻게 되는가 하는 견본이다. 어느 개랑 고양이와는 달리 이 녀석들은 의외로 좋은 친구가 될 것 같다.

하지만 이 기묘한 신의 롤 모델이라는 야야의 언니가 아이들에게 무언가를 가르친다는 사실은, 냉정하게 생각해 보면 웃음이 난다.

분명 돼먹지 못한 학원이겠지. 알 바 아니지만.

📖

"안녕하세요, 늦어서 죄송합니다!"

역 건물 2층의 카페에서 기다리고 있으려니, 먼저 와 있던 것은 세이카의 담당자 쪽이었다. 갑자기 사내 회의가 잡혔다나 해서 시베리는 조금 더 늦어진다고 한다.

"쿠도 준이라고 합니다! 오늘은 잘 부탁드립니다! 텐ㄷ ,가 아니라, 텐진 씨도 감독으로 와주셔서 고맙습니다!"

엄청 기운이 넘치는 젊은 편집자다. 도착하자마자 에너지 드링크 음료를 대량으로 섭취하고 있는 점에서 키노쿠니 실장의 젊은 시절을 방불케 한다.

"맞아맞아, 세이카 선생님! 『야한 일이 주특기인~』 2권 21고 잘 읽었어요! 상세한 내용은 나중에 말씀드릴게요!"

"이, 이십일……?"

"아직 부족합니다! 더욱더 좋아질 수 있을 겁니다! 훨씬 훨씬 개선할 수 있어요! 세이카 선생님의 힘은 이 정도가 아니니까요! 신인 작가는 언제든 어디서든 전력승부! 네버 기브업! 죽을 각오로 해보죠!"

……정정. 입원하기 전의 실장이랑 판박이다. 클론 기술의 집대성이로다.

기이한 열의와 선의로 넘쳐나는 말은 결코 타인에게 타협을 용납하지 않는다.

세이카가 매일 자는 시간을 깎고 개인레슨을 중지하면서까지 원고에 매달렸던 최대의 원인이 여기 있는 거 아닐까.

"이봐요, 아무리 그래도……"

흘끔 내 제자를 보니,

"네! 저는 더욱더 할 수 있어요! 훨씬 훨씬 강해질 수 있어요! 제 힘은 이 정도가 아니니까요! 언제든 어디서든 최강무적! 예스 아이 캔! 죽을 때까지 하겠습니다! 죽어도 하겠습니다!"

이상한 자기긍정감으로 금세 받아쳤다.

"열심히 해보죠! 열심히 열심히 열심히!"

"열심히 하겠습니다! 열심히 열심히 열심히 열심히!"

"바로 그겁니다! 세이카 선생님은 천하를 차지할 수 있어요! 승리만이 있을 뿐!"

"물론이죠! 천상천하 내가독존! 이겼구만 으하하!"

혹시 너희 궁합 최고? 만나선 안 됐던 콤비냐?

그야 달릴 때 달리는 게 좋다는 건 사실이지만. 너무 열을 올리다가 현실과 맞부딪쳤을 때 박살이 나지 않으면 좋겠는데.

어디서 잠시 날개를 쉴 횃대가 될 만한 것이 있어야 한다.

"아── 맞아, 세이카. 증정본 고마워."

생각이 나 말했다.

가방에서 『야한 일이 주특기인 선생님이 나를 협박하는 건에 대해!』를 꺼냈다. 하지만 그 제목 사람 열받게 하네.

"미안, 아직 첫 부분밖에 못 읽었어. 인터넷에 투고된 버전을 꽤 많이 고쳤던데. 상당히 재미있어졌어."

"고맙습니다! 캐릭터 이름도 단장의 심정으로 변경했어요. 굉장히 애착이 있는 이름이었지만……."

세이카는 문득 입술을 깨물며 손을 바라보았다. 힘이 부족해 점령군에게 굴복해버린 패잔병과도 같이 덧없는 미소가 흘러 떨어졌다.

그러고 보니 현안 사항이 되었던 『텐○ 선생』 문제.

실제로 그놈의 이름은 완전히 달라졌다. 하지만.

"……특징은 전혀 달라지지 않았더라. 20대 후반의 사회인이고, 도쿄 외곽 거주. 관동 학예대학 출신. 국어과 학원 강사, 5학년 최상위반 담당!"

덤으로 눈이 썩었다는 말까지 나온다. 아니, 내 눈이 썩었는지 어떤지는 차치하고. 아는 사람이 읽으면 이거 뭐라고 변명해야 돼?

"──주제넘은 말씀이지만 텐진 선생님, 다소 자의식 과잉이 아닐까요?"

반기를 든 빨치산처럼 세이카가 고개를 번쩍 들었다.

"이 캐릭터의 가장 큰 특징은 로리콘이에요. 중학생에게 손을 대는 묘사가 작중에도 계속해서 나오는데요. 실존하는 텐진 선생님과 로리콘 선생님에게 닮은 점이 있다고 정.말.로. 주장하실 생각인가요?"

"윽……."

이 계집애가, 아픈 데를 찌르고 앉았어.

"등장인물의 특징과 자신의 일부 상이점만을 찾아내 소란을 떠는 건 독해 능력 부족이에요. 물론 텐진 선생님이 제 소설에 나오고 싶어 하는 마음은 이해하지만요. 후후,

귀여우셔라……."

"……빌어먹을 악마가……."

하지만 신 정부군처럼 으스대는 세이카의 말은 정론이었다. 개탄스럽게도.

모든 이야기는 픽션이다.

비실존 청소년을 검열한들 실존하는 아동이 구원을 받는 것은 아니다.

그 반대도 마찬가지. 나와는 다른 이름이 들어간 작중의 학원 강사는 현실과 전혀 관계가 없는 캐릭터다.

"세이카 선생님은 주인공의 이름도 바꾸셨으니까요! 재미있는 도전이라고 생각합니다!"

쿠도 준이 긍정적으로 끼어들었다.

나는 문고본을 펄럭펄럭 넘겼다. 작중에 1인칭으로 무한히 떠들어대는 여중생의 풀네임이 드러나는 것은 한참 뒤다.

해당 부분을 발견하기 전에 세이카 초대 대통령이 가슴을 폈다.

"네, 그렇답니다. 저와 같은 『세이카』라는 이름을 쓰기로 했어요."

"진심이냐……."

현기증과 구역질이 난다. 이번에야말로 입덧인가.

"이상할 거 없어요! 작가와 주인공의 이름을 똑같이 하는 건 미스터리 업계에서는 매우 흔한 일인걸요!"

발끈한 듯 세이카가 주장했다.

일리는 있다. 극 중의 명탐정에게 작가의 펜네임을 쓰게 하는 것은 미스터리 분야에서는 전통 기법이 되었다. 작가의 이름을 독자에게 익히게 만들기 위한 아이디어라고 한다.

뭐, 세이카의 작품은 미스터리도 뭣도 아니므로 역시 일리도 없지만.

쓴웃음을 지으며 페이지를 넘겨, 나는 겨우 주인공의 풀네임이 기재된 곳을 발견하고,

"……아?"

너무나 큰 충격에 입으로 알을 낳을 뻔했다.

왜냐하면, 대사에 적혀있는 성이, 엄청나게 익숙해서—.

『거기 서요, 야한 일이 주특기인 로리콘 선생님! 그런 짓은 설령 하느님이 용서하더라도 이 텐진 세이카가 절대 용서하지 않겠어요!』

──텐 진 세 이 카.

형언할 수 없는 악마의 자식이 탄생했다.

"……야……."

"네?"

"『네?』는 무슨 개뿔이. 이 성은 뭔데? 용서받을 일이라고 생각했냐?"

"흐음? 실제로 사전에 선생님의 이름에는 항의를 받기는 했죠. 하지만 제 이──주인공의 이름에 대해서는 아무

말씀도 못 들었는데요?"

"『못 들었는데요?』는 무슨 개뿔이. 법의 샛길을 발견했다는 표정 짓지 마."

"그치만요. 넓은 의미에서 보면 주인공의 이름은 이것밖에 없지 않을까요?"

"마음이 얼마나 넓어야 그렇게 받아들이게 되는지 관심이 없지는 않다. 때려죽이기 전에 말해봐라."

"이건 텐진 선생님의 격렬한 야간 지도를 받아 제가 배 아파가며 낳은 작품이니까요. 이젠 우리의 아이라고 해도 과언이 아니에요."

"과언이야. 과언이 아니면 뭐야."

"그렇기에 극 중의 캐릭터도 두 사람의 이름을 물려받을 수밖에 없죠. 저와 텐진 선생님이 만든 사랑의 결정이 지금 여기 태어나, 두루두루 세계에 팬더믹처럼 퍼져나가는 거예요……."

세이카는 미소를 지으며 자신의 배를 행복하게 쓰다듬었다.

나도 미소를 지으며 그 코를 있는 힘껏 잡아 비틀었다.

"아야야야야야 무무무무무무슨 짓이에요—?! 귀여운 세이카의 귀여운 코가! 뒤틀리고 뒤틀려서 공중제비 제트코스터를 하겠다고요!"

팔다리를 버둥거리며 코맹맹이 소리로 날뛰는 세이카의 옆에서,

"어린 양이여── 이제 곧 서점과 약정한 시간이 아닌
지요?"

"그렇죠! 죄송합니다, 시베리도 역에 도착했다고 연락이
왔어요!"

"──그러면 가시지요──."

야야가 쿠도 준과 이야기하고는 태평하게 일어났다.

그 틈을 노려 세이카도 허겁지겁 자리에서 일어났다. 설
마 신이 동기를 감싸준 건가……?

하지만 용서해라. 이 녀석은 여기서 머물러야만 해.

"텐진 선생님의 사랑이 나날이 과격해져서 곤란하네요!
귀여운 세이카를 너무 사랑한 죄로 금방 체포, 구금당할
걸요! 저는 따라갈 수 있을까요, 선생님이 없는 세상의 스
피드를!"

전력 질주로 내빼는 빌어먹을 빌어먹을 빌어먹을 악마
를 쫓아가 죽이려 했을 때,

"텐군. ……텐군."

쫑쫑 옷소매를 잡아당기는 감촉이 들었다. 이번에도 세
이카의 눈을 피한 비밀 이야기다.

"……그녀하고 지나치게 친해지지 마."

"뭐? 어디가?"

"텐군은 야야의 스승이니까. 그런 건 안 좋아."

불쑥 말하는 야야를 나는 다시 한번 쳐다보았다.

어딘가── 부루퉁한 얼굴, 처럼 보였다.

마치 신이 아닌, 흔해빠진 인간 같은.

"너…… 어? 세이카한테 화난 거야?"

"?"

고개를 갸웃한 야야는,

"야야에게는 인간의 마음이 없으니까. 딱히 짚이는 구석은 없어, 물론."

"아니, 하지만."

"지난번 거래조건을 돌이켜보고 공평하지 않다고 생각했을 뿐이야. 텐군과 야야는 비즈니스 파트너니까."

이미 여느 때의 무표정한 낯짝으로 돌아온 후였다.

📖

덴키마치 입구에서 가장 가까운 전문점, 게이머즈 본점 앞에서.

"자주 보던 매장에 제가 쓴 이야기가 놓여 있다니…… 어쩐지 감개무량하네요, 이게 출산의 기쁨일까요……."

세이카는 벌써부터 뿌듯한 표정을 짓고 앉았다. 맘대로 낳지 마세요.

"우리의 목표는── 그것을, 독자의 집으로 전하는 일일진대──."

야야가 달래듯 미소를 짓고,

"옳은 말씀! 발매 첫 주의 주말이 중요하죠! 오늘은 하염

없이 하염없이 팔이 부러질 때까지 사인을 해보죠!"

쿠도 준이 힘차게 말했다.

"……주말이, 중요하지……."

신간 발매일로부터 이미 며칠이 지났다. 서점 쪽에서는 이미 초동의 분위기를 파악했을 타이밍이다.

앞으로 이동될 서가의 위치 등등을 생각하면 더 일찍 서점을 돌았어야 하지 않았을까 싶기도 하지만── 그런 건 뭐, 사람마다 생각의 차이라고 할 수도 있으니까.

오늘은 보호자다. 작가의 입장으로 여기 온 것이 아니다. 외부인이 간섭해봤자 어쩔 수 없는 일이다. 나는 어깨를 움츠렸다.

매장으로 발을 들이기 직전, 시베리가 무겁게 한숨을 쉬었다.

"늦어서 정말 죄송합니다. 실례했습니다. 그게 저기 담당 작품에 급한 안건이 생겨서……."

쳐다보니 매우 어두운 표정을 하고 있다.

작가들과 얼굴을 마주하려고도 하지 않고 꾸벅꾸벅 고개만 숙일 뿐.

그 의미는, 매장에 들어간 후에 알 수 있었다.

"죄송합니다, 벌써 싹 팔려버려서요!"

씩씩한 라이트노벨 담당 책임자가 신간 코너에서 싱글벙글 웃었다.

우리의 눈앞에는 MF 문고 J의 이번 달 간행작이 쌓여 있었다.

그중에서도 대량으로 쌓인 것은—— 신인상『대상』수상작.

야야의 작품만이, 남아 있었다.

세이카의 작품은, 거의 없다.

『『야한 일이 주특기인 선생님이 나를 협박하는 건에 대해!』, 반향이 엄청나서요! 저희도 추가로 발주를 해놨는데, 입고하기도 전에 다 팔릴 기세라서요!"

"고맙습니다! 여기서만 드리는 말씀이지만! 긴급 대량 증쇄가 결정됐어요!"

쿠도 준이 힘차게 말했다.

"네? 그렇게나——?"

귀엣말로 인쇄 부수를 들은 책임자의 눈빛이 바뀌었다.

"엄청나네요! 전대미문의 대히트 아닌가요! 저희는 특설 코너도 만들어서 계속 팔아보려고요! 그러니 부디 영업 쪽에 말씀 좀 잘 전해주세요!"

"물론이죠! 세이카 선생님의 힘은 이 정도가 아닌걸요! 더욱더 할 수 있고말고요, 훨씬 훨씬 잘 할 수 있고말고요! 저희도 제대로 프로모션을 해나갈 생각이니! 부디 잘 부탁드립니다!"

활달하게 담소를 나누는 편집자와 책임자 옆에서, 시베리가 가슴이 짓이겨질 것처럼 기침을 했다.

그 시선 너머에는—— 자신의 담당 작가가 있다.

"우효효효~! 마침내 천재 미소녀가 일반 세간에 인정을 받을 날이 왔네요! 텐진 선생님, 사인 부탁하시려거든 지금 하세요! 체키* 가격 폭발 직전! 온라인 커뮤니티에 팬들을 포섭해놓고 엘리트 독자를 팍팍 육성해나갈 거라고요!"

앗 아닙니다. 환희의 절정에서 매장의 사진을 펑펑 으햐햐 찍어대고 있는 세이카님 쪽이 아니고요.

"……."

야야가 멀거니, 무표정하게 서 있었다.

신간 코너 중에서도, 가장 높이 쌓인 자신의 책 앞에서.

"아아—— 맞아요, 야야야 선생님도! MF 대상은 그 왜, 어, 앞으로 꾸준히 팔려나갈 테니까요! 부디 사인을 해주셨으면 하는데요! 부탁드릴 권수가 많아 죄송하지만—— 이봐, 거기 자네. 안쪽으로 옮겨!"

책임자에게 명령을 받은 서점 직원이 선반에서 사인용 서적을 몇 권 뽑았다—— 세이카의 책만.

그 의미는 너무나도 명확했다.

세이카는 이미 초기 출고분이 거의 다 팔려나가 가판에 진열한 분량밖에는 없는데.

———

* 아이돌의 팬 모임이나 라이브 행사에 나가 아이돌을 즉석카메라로 찍는 행위, 혹은 이 행사에 자주 쓰이는 후지필름의 즉석카메라 모델명. 여기서는 후자.

야야 쪽은, 창고에도 반품을 기다리는 재고가 잔뜩 있는 것이다.

"야, 저기……."

"——텐군."

야야가 멀거니, 무표정하게 내 목소리에 돌아보았다.

"문제없어. 야야에게는 인간의 마음이 없으니까. 그러니까, 별로——."

멀거니 중얼거린 말은 그 뒤로 이어지지 않았다.

이 자리에서, 무슨 말을 한들, 의미는 없다.

현실은, 잔혹하다.

언제 어느 순간에도, 세상 어느 곳이라 해도.

빛과 그림자가 존재한다.

츠츠카쿠시 세이카와 야야야 야야.

하지만, 올해의 여중생 더블 수상은.

——격이, 전혀 달랐다.

그림자는, 야야 쪽이었다.

"텐데 선생님……."

두 사람이 사인을 위해 직원실로 안내를 받았을 때.

시베리가 다시 괴로워하며 기침을 했다.

"저기 말이죠. 끝나고 혹시 시간 있으시면 이야기를 좀 해도 괜찮을까요."

"……잠깐이라면요."

나는 짧게 고개를 끄덕였다.

신인작가의 수습은 중요한 일이다. 기왕 담당자도 같은데, 학원에 출근할 때까지라면 위로회에 동석해줄 수 있다.

"신인에게, 아픔은 따르는 법이니까요. 야야 선생님의 장래로 이어진다면——."

"앗앗앗 그게 아니고요. 그게 아니거든요…….."

시베리는 자신의 가슴을 꾹 눌렀다.

시베리안 허스키와도 닮은 눈썹 아래에서 눈동자가 공허하게 흔들리고 있었다.

"야야야 선생님 쪽이 아니고요."

학대당하는 개처럼, 몇 번이고 몇 번이고 괴로운 숨을 내쉬고는.

간신히 말하기를.

"죄송합니다. 텐데 선생님의 작품에 대해서예요."

"……나?"

"아주. 아주——중대한 이야기가——."

겨우, 깨달았다.

오늘 내내, 시베리가 내 시선을 피하고 있었음을.

"——3권에서 중단?"

작가 선생님들의 사인 작업은 쿠도 준에게 맡기고 나와 시베리는 조금 전의 카페로 돌아왔다.

시베리가 깊이 고개를 숙였다.

"앗앗 저기 네 그런 형태가 되고 말았네요…….'

"4권은 낼 수 없다는, 말씀인가요."

자신의 말이 까슬까슬한 쓴맛을 냈다.

그것을 도저히 삼킬 수 없어 혀 위에서 굴리기만 했다.

"개인적으로는 정말 재미있는 작품이라고 생각했지만, 그게 요즘 시장이 각박해서 초동을 만회할 수가 없었어요. 힘이 미치지 못해 정말 죄송합니다."

시베리는 고개를 숙이고, 무언가 필사적으로, 이야기의 가치니 뭐니를 옹호하려 했다.

딱히── 그건 상관없다.

그런 건, 아무래도 상관없다.

작가인 이상, 매상이 전부다.

마왕과 짝퉁 용사의 슬로우 라이프 시리즈는, 1권의 매상부터 좋지 않았다. 지난달에 간행된 3권도 마찬가지. 팔리지 않았다는 것은 재미있다고 느낀 독자가 적었다는 뜻이다. 시장의 반응에 거역할 마음은 추호도 없다.

문제는.

신간 집필을 이미 오래 전부터 시작했다는 것이다.

"확인할 게 있는데요. 작년 말에 회의를 했죠. 이 시리즈는 4권까지는 낼 거라고. 정착률에 따라서는 그 뒤까지도 생각할 수 있다고."

"……네."

"스토리로 봤을 때도 거기서 한번 마무리를 짓는 게 딱 좋다고, 시베리 씨도 그렇게 말씀하셨죠. 이 플롯에 따른 결말이라면 독자도 만족할 수 있을 거라고."

"……네."

시베리안 허스키는 창백한 얼굴로 고개를 끄덕였다.

나는 입속의 쓴맛과 함께 블랙커피를 뱃속으로 흘려 넣었다.

작가를 몇 년이나 하다 보면 숫자 정도는 볼 수 있다.

3권의 발행 부수와 판매량은 현재 상황의 보더라인에 아슬아슬하게 걸릴 정도라, 편집자의 근성이 있다면 마지막 권을 낼 수준이었을 것이다. 시베리도 분명 4권을 기대한다고 말했다.

따라서 이 중단 통고는——— 편집부가 아니라 영업 쪽에서 나온 것이다.

그리고, 어린 시베리가, 그 요구를 거부할 수는 없었다는 뜻이다.

『———좋은 편집자와 나쁜 편집자 구분하는 법 알아?』

문득, 어떤 빌어먹을 으스대는 남자의 목소리가 뇌리에 되살아났다.

『나쁜 편집자란 것들은 이 세상의 별만큼 많지만, 좋은 편집자의 패턴은 하나밖에 없어. 작가의 재능을 믿고———』

"……시베리 씨는, 싸워보지 않았나요."

입을 가르고 나온 말에,

"앗——."

시베리안 허스키는 질끈 눈을 감았다. 지금 당장이라도 울음을 터뜨릴 것처럼 일그러뜨린 얼굴로, 고개를 저었다. 힘없이, 몇 번이나.

"아니에요. 싸웠고—— 싸워봤지만—— 하지만——."

힘없는 한숨이 절망과 함께 새어 나오고.

"——죄송합니다!"

나는 테이블에 머리를 찍을 기세로 사과했다.

멍청이냐고. 멍청이지, 난.

담당 편집자를 책망해서 무슨 의미가 있어?

잘못은 팔릴 작품을 쓰지 않은 텐데 타로에게만 있다.

이 세상에는 그 이외의 악인 따위 존재하지 않는다.

"……앗 저기 저야말로 정말 죄송합니다. 그게 텐데 선생님이 바라신다면 편집장님과 이야기해서 자리를 마련해 보겠습니다만……."

"그러실 필요까지는 없어요. 새 기획안을 내도 괜찮을까요."

"앗 예 저기 물론이죠. 최대한 서포트해 드릴 테니 부디 모쪼록 저기."

"……그렇죠. 잘 부탁드립니다."

피차 고개를 숙이고, 그것으로 끝.

어느 쪽도 할 말을 찾지 못한 채, 민망한 침묵이 드리워졌다.

시베리는 언제까지고 고개를 숙이고만 있었으며, 나는 멀거니 창밖을 바라보았다.

역 건물 2층의 카페 아래.

끊일 줄 모르는 인파와 끊임없이 변해가는 거리가 보인다. 인생이 언제나 상승세인, 현재를 구가하는 젊은이들의 거리다.

"하는 수 없지……."

하는 수 없다. 하는 수 없었다.

그 말을 뱃속에서 되풀이했다. 조기 중단에는 익숙해졌다.

인생에는 흔히 있는 일이다. 그렇게 생각했다.

"아직 포기할 시간은 아니야."

샌드위치를 두 손으로 들고 아구아구 먹으며, 담담히 말하는 야야.

2월 초순의 수요일, 나의 공휴일.

이이다바시 역 서쪽 출구 방면에 위치한 MF 문고 J의 본사 건물에 인접한 북카페다.

이 직영점에서 제공되는 경식은 솔직히 말해 좋지도 나

쓰지도 않은 맛이지만.

특필할 만한 점은, 출판사에서 간행된 서적을 무료로 읽을 수 있으며, 커피 한 잔으로 몇 시간이고 눌러앉아도 된다는 것이다.

출판사에 방문한 관계자가 이용하는 경우가 대부분이라, 일반인에게는 별로 알려지지 않았기 때문에 만원이 될 정도로 붐비는 것을 본 적이 없다. 콘텐츠를 자사 제품으로 채울 수 있기에 가능한 여유겠지.

덕분에 야야 프로듀스 회의(명명자 야야)는 야야가 담당과 회의를 마치고 돌아오는 길에 늘 이곳에서 하고 있다.

밖에서는 메마른 바람이 맹위를 떨치고 있지만, 온도조절이 된 가게 안은 코트를 벗어도 땀이 날 정도로 따뜻하다.

해가 질 무렵, 학교에서 직접 출판사로 온 중학생은 배가 고팠던 모양이었다.

"어쩌다 야야의 수상작이 안 팔렸을 뿐. 시장이 끝장난 건 아니야. 그녀의 작품이 잘 나간 게 그 증거. 동기로서도 기뻐."

야야는 손에 든 빵가루를 입술로 냠냠 꼼꼼히 떼어내면서 말했다. 그 말에는 정말로 아무런 감상도 담기지 않은 것처럼 여겨졌다.

"일찌감치 만화화도 결정됐다고 했던가……."

나는 테이블에 놓인 잡지로 시선을 떨구었다.

북카페의 책장에서 야야가 가져온 것이다. 출판사가 발행하는 문예잡지에, 지금 화제가 되는 여중생 작가로 세이카 아즈키 선생의 특집기사가 실려 있었다.

　——첫 투고로 수상을 한 데 대해 어떻게 생각하시나요?
『놀란 것과 동시에, 매우 송구스러웠어요…….』
　——세이카 선생님의 취미는 무엇인가요?
『미숙하지만 거문고와 꽃꽂이를 조금…….』
　——평소에 자택에서는 어떤 일을 하시나요?
『고양이를 쓰다듬으며 조용히 보내고 있답니다…….』
　——실례지만 선호하시는 남성 타입은?
『이성과 이야기할 용기가 없어요. 창피해서…….』
　눈을 내리깐 양갓집 규수 같은 사진과 함께, 빌어먹을 내숭을 떠는 빌어먹을 인터뷰도 실려 있었다. 이거 진짜 빌어먹을 놈이네.
　이 순종적이고 조신하며 청초 가련한 중학생이『야한 일이 주특기인~』이라는 적나라한 라이트노벨을 썼다니, 인터넷에서는 화제 만발이다. 『세이카 아즈키』의 허상이 풍선처럼 부풀어 이놈이고 저놈이고 망둥이처럼 펄떡거리고 앉았다.
　이 특집을 엮은 건 편집자겠지. 인터뷰한 때를 생각해보면 1권 발매 전부터 준비했을 것이다. 그래야만 시기를 맞출 수 있을 테니까.

쿠도 준은, 과연, 화제를 만드는 데에는 유능한 신인인 모양이었다.

"그 후로 증쇄가 두 번 있었다고 들었어. 야야의 콘텐츠 연구에 따르면, 이 기세라면 이미 애니화가 진행되고 있어도 이상하지 않아."

"그러냐."

"야야의 수상작은, 3권에서 끝나게 됐어."

저물어가는 햇살이 스며드는 테이블 위에, 빈 접시가 길고 긴 그림자를 드리웠다.

야야는 샌드위치를 다 먹고, 잘 먹었습니다, 하며 그 공간에 고개를 숙였다.

마치 여느 때와 똑같아 보였다. 나와 야야가 회의를 시작했을 때부터 늘, 야야의 텐션에는 변화가 없었다.

"이건 야야가 쓴 이야기의 문제이기는 하지만, 야야 개인의 문제는 아니야. 야야가 고민할 필요는 없어. 작가 인생은 계속돼. 차기작을 기획하고 있어."

"……흐음."

마음이 꺾이지 않았다는 건 좋은 일이다. 원래 야야에게는 마음이 없었다고 했지?

"그래서 캐릭터를 잡아야 해. 다음엔 꼭 평가를 받겠어."

평가를 받는다.

그러고 보니 파티에서 수상자 소감 때도 야야는 그런 말을 했다.

『재미있는 것을 쓴다』가 아니구나, 하고 멍하니 생각했다.

"……왜."

"암것도 아냐. 수상작이 평가받지 않으면 벗겠다──고 떠들던 녀석이 있었지, 하고 생각했을 뿐이야."

"……."

야야는 말없이 나를 보더니, 느릿느릿한 손길로 교복의 단추를 툭툭 풀기 시작했다. 앗 괜찮아요. 이제 됐어요. 제가 잘못했어요.

온 힘을 다해 백기를 들자 야야는 고개를 갸웃했다. 불만스러운 듯한, 의아한 듯한, 뭐라고 표현하기 힘든 무표정이었다.

"텐군은 정말 여자애의 알몸에 관심이 없어."

"네가 자기 알몸의 가치를 너무 싸게 매기는 거야……."

"제일 비싸게 팔고 있다고 생각하는데."

요즘 여중생의 가치 감각은 잘 모르겠다. 내가 노인네라 그런가. 세대 차이가 느껴지는구먼.

풀었던 단추를 내가 원래대로 다 채워주는 동안, 야야는 학생용 가방에서 클리어 파일을 꺼냈다.

"오늘은 새 기획에 쓸 캐릭터 후보를 몇 개 가져왔어. 텐군은 어떤 캐릭터가 좋은지 채점해줘. 야야는 모르니까."

테이블에 늘어놓은 기획서와 플롯들.

나는 그것을 흘끔 보고 고개를 가로저었다.

"저기, 야야. 그건 담당 편집자의 의견을 듣는 게 제일 좋아. 포괄적인 캐릭터 메이킹이라면 몰라도, 향후의 방침에 직결된 거잖아?

"담당 편집자……."

야야는 나를 빤히 올려다보았다. 수정구슬 같은 눈이었다.

"……야야는 모르겠어."

"뭘?"

"시베리가 정말 좋은 편집자인지."

나와 같은 담당인── 애젊은 편집자의 이름을 툭 말했다. 언어의 천칭에 걸어놓고 사람의 무게를 무기질적으로 재듯.

"텐군은 그녀를 신뢰해?"

나는 잠자코 고개를 끄덕였다.

실제로, 비즈니스 감각으로 대해줄 때의 시베리는 싫지 않다.

"그래……."

수긍했는지 어떤지, 야야는 멀거니 기획서에 시선을 떨구었다.

"연구 데이터가 부족해. 아무튼 비교할 필요가 있다고 생각해. 다른 편집자의 의견을 듣고 싶어."

"MF의?"

"아니. 다른 출판사."

"……상금이나 코스트를 받고 데뷔한 신인이, 다른 데를 건드리는 건 어느 출판사나 다 싫어하는 일이야."

속칭 『3년 룰』이다.

수상작 출신은 3년 동안 같은 업계의 다른 회사에서 일을 해서는 안 된다.

어디에도 명문화되어 있지는 않지만, 나도 신인 시절에 은근히 압력을 받았다. 암묵적인 양해를 깨는 순간 엄청난 기세로 업계에 악평이 퍼진다는 것이다. 화합을 중시하는 일본인다운 풍습이라 참으로 흐뭇하군요.

"야야는 못 들었어. 계약서에 그런 말 없으면 법적으로 괜찮아."

"오, rock하네."

"만약 따돌림당하기라도 하면, 그건 업계 자체의 문제지, 야야의 문제는 아니야. 명분은 나에게 있노라."

"이기는 것 같으면서도 이미 졌는데……."

"라는 말은 농담이고. 야야는 MF보다 전에 다른 레이블에 투고했어. 그쪽에서는 수상까진 못 갔지만, 편집자가 직접 메일을 보내서 연락처를 교환했어."

"……진짜?"

"진짜진짜. 수상 이전에 커넥션이 있었으니까, 의논하는 건 아주 자연스러워. 아자."

야야는 태연히 브이 사인을 내밀었다. 상담이 세이프인 건 사실이지만, 처음부터 그렇게 말하든가. 네 농담은 알아먹기 힘들다고.

"참고로 다른 레이블이라면, 어디야?"

"암리타 문고."

사장의 데뷔 레이블이다. 2번째 작품으로『모두 종이접기가 된다』를 간행하고 있다.

『모종된』은 1권 때부터 독설가인 매장사에게도 칭찬을 받아, 현재는 증쇄가 이어져 아주 잘 나간다. 코어 유저에게 지지를 받던 사장을 단숨에 인기 작가로 끌어올린 출세작이다.

사장에게 재능이 있었던 것은 물론이고, 편집자도 실력자겠지.

그 녀석의 담당자는 작년인가 재작년에 바뀐 걸로 아는데——.

문득.

강한 오한이 들었다.

"……저기. 야야하고 메일 주고받았다는 편집자의 이름, 물어봐도 될까."

세상에는 저주라 부를 만한 것이 있다.

그것은 아무리 떼어내려 해도, 돌고 돌아, 몇 번이고 자신의 앞에 나타나는 법이다.

그래서, 야야가——

"텐군도 잘 아는 사람."

——내 첫 담당자의 이름을 입에 담기 전에.

어째서인지, 그럴 것만 같았다.

"그 사람, 전에 텐군 담당이었다고 들었어. 정말이야?"

"……그래."

그 녀석의 이름은, 너무나도 그리웠으며, 또한 가슴을 욱신거리게 했다.

데뷔 당시에 몇 번이나 술을 함께 마시고, 어깨동무를 한 채 풋내 나는 창작론을 떠들어대고—— 마지막에는 회복이 불가능할 정도로 싸웠던 기억이다.

"다행이다. 야야 책이 출판됐을 때, 그 사람한테도 축하 메일 받았어. 다음에 셋이서 밥이라도 먹자고, 그랬어."

"셋……?"

"응. 야야하고 그 사람하고, 또 하나."

감정이 담기지 않은 손길이 똑바로 나를 가리켰다.

"어른이 그 자리에 있는 편이 좋대. 야야랑 그 사람은 면식이 없고, 야야도 텐군이 와주면 좋겠어."

결별한 줄로만 알았던 과거가.

불쑥 나를 쫓아왔다.

"……그, 그래서, 왜 우리 집에 온 걸까?"

사장이 난처한 표정으로 눈썹을 늘어뜨렸다.

니시신주쿠의 타워 아파트 최상층, 도련님에게만 허용

된 최고급 현관.

복도 저편에는 거대한 산이 보인다. 책장에 다 들어가지 않아 바닥에 난잡하게 쌓인 집필자료의 산이다.

이 세상 모든 작가의 작업장이 그렇듯, 사장의 작업장 또한 난장판이었다.

세이카를 초대하는 스터디 모임 때는 깔끔하게 정리 정돈을 하려는 노력이 보였는데. 오늘은 전혀 수습하려 했던 흔적이 없다.

"넌 야야를 뭐라고 생각하는 거야?"

"부, 부조리해! 청소할 틈도 주지 않았으면서!"

……뭐, 그건 그렇지. 직전에 전화해서 억지로 쳐들어온 탓이니까. 나는 사장을 뭐라고 생각하는 거야?

"친구잖냐. 나랑 넌 세상에서 가장 절친한 친구잖냐."

"지, 징그러워! 알겠다, 너 타로 아니지?! 나의 썩어빠진 타로를 돌려줘!"

사장이 나를 덜컥덜컥 흔들어댔다. 나 상처 입었어…….

"뭐, 그럼 귀찮으니까 대충 말할게, 망할 사장."

"응응, 내 썩어빠진 타로 맞구나!"

"야야랑 사장이랑 담당이랑, 밥 먹고 와줄 수 없을까."

"……밥?"

사장은 눈을 깜빡거렸다. 내 뒤에 있던 야야와 눈이 마주치자 황급히 고개를 돌렸다.

"그, 그런 말을 갑자기 하면……."

"이해해, 이해해. 그 마음 잘 이해하지. 그럼 이해한 김에 자세한 이야기는 들어가서 해도 될까?"

"아니, 으음, 어…… 보다시피 지금은 도저히 남을 들일 상황이 아니고. 나중에 다시 들으면 안 될까?"

안경을 꾸욱 밀어올리는 손도 부들부들 떨렸다. 여중생의 존재를 의식해 엄청나게 긴장한 거겠지.

그 틈을 노려 나는 턱짓을 했다.

"야야."

"──제가 맡지요──."

야야가 내 옆을 스륵 빠져나갔다.

가발을 쓴 대인(對人) 버전이다. 학생용 가방에서 꺼낸, 동물귀 비슷한 삼각건도 장착하고 성큼성큼 거실로 들어간다.

"뭐, 뭐야? 뭘 하려고?"

"야야는 신입니다──. 전지전능, 그것이 의미하는 바는──."

"바, 바는?"

"구석구석 디테일한 곳까지 빈틈없는 청소가 주특기란 거죠! 예이."

"그 논리는 좀?!"

당황하는 사장과는 대조적으로 신의 미소는 전혀 흔들리지 않았다.

발 디딜 틈도 없는 작업공간을 둘러보고,

──언니 방만큼은·아니네.

하는 혼잣말이 들려왔다.

든든한 말이다. 일상적으로 남의 청소를 맡았던 사람의 말은 신뢰할 수 있다.

"타로도 왜 감탄하고 있는 거야. 이런 건 반칙이지?!"

"하지만 사장, 파티장에서 『아~ 귀여운 연하의 여자애가 날 챙겨줬으면~』이라느니 빌어먹을 빌런 같은 소릴 했잖아. 잘됐네, 꿈이 이루어져서."

"꿈이 현실이 될 때는 적절한 순서가 필요한 거야! ‥‥‥ 그리고 빌런은 뭐야, 빌런은?!"

사장은 왁왁 떠들어대지만.

그의 손이 야야를 직접 제지하는 일은 없었다. 슬프게도 지나치리만치 신사적인 남자는 여중생의 뜻에 반하는 행위를 할 수 없는 것이었다.

"방황하는 어린 양이여── 몸도 마음도 야야에게 맡기십시오──."

"몸도 마음도?!"

"신은 하늘과 땅을 나눈 존재일지니── 우연히 현세에 존재하는 형이하학적 물체를 적확하게 분별하는 일쯤은── ─ 아무것도 아니랍니다──."

"그 자신감이 무섭다고! 아아, 자, 잠깐만! 남자 집에는 여자애에게 보여줄 수 있는 장소와 보여줄 수 없는 장소가 있어!"

"문제없습니다── 야야는 여자아이이기 이전에 신……
오오우?"

자애로 가득 찬 갓 보이스에 기묘한 노이즈가 끼어들
었다.

바닥에 쌓인 종이박스 안을 들여다보다 움직임이 우뚝
정지했다.

"자, 자자잠깐, 아, 아, 안 돼, 거긴 특히 안 되는 장소!
자료 서적이라든가 피규어라든가 굿즈라든가, 자, 작가로
서 수집한 것들이 있으니까!"

사장의 목소리에도 비명이 섞였다.

"……."

무표정한 야야가 핀셋으로 얇은 책 한 권을 집어 들
었다.

표지에는 전라의 고양이 소녀가 그로테스크한 문어 놈
에게 끈적끈적 휘감긴 일러스트가 있었다. 와아, 하드
하다.

"아, 아아, 아니야, 아니야, 그건 박해당하는 이종족 사
이의 사랑과 진지하게 마주했던 거고! 야, 야한 의미가 아
니라 어디까지나 자료용으로…… 내용은 더 안 돼에!"

사장이 뻗은 손은 닿지 않았다.

야야는 얇은 책의 페이지를 넘기고 있었다.

핑크색과 물색과 흙색과 뭔지 모를 색이 난무하는 내용
물을 빤히 바라보고, 이따금 고개를 갸웃거리면서, 진지하

게 통독 중이었다.

"……과연……."

"과연?!"

"괜찮아. 야야는 연구에 열심이니까. 남자에게 이런…… 응, 음란한 욕망이 있다는 것쯤은 잘 알아."

"으악— 으악— 으악—?!"

"괜찮아 괜찮아. 함부로 불필요 판정을 내리진 않아. 이 촉수 책은 선생님에게 아주 소중한 것이겠지. 종족별로 정리해서 책장에 꽂아놓을게. 엄청 많아."

"으와와와와와와와아아아아악!"

"괜찮아 괜찮아 괜찮아. 다음. 목줄 찬 멍멍이 소녀의 외설적인 피규어…… 이것도 선생님에게는 소중한 것. 다음. 거대 사자 남자와 조그만 토끼 소녀의 입욕 포스터…… 아마도 소중한 것. 다음. 하이에나에게 습격당하는 흑표 아저씨 앤솔로지…… 분명 소중한 것. 다음. 복슬복슬 드래곤 카섹스…… 절대 소중한 것. 다음——."

어디까지고 담담히.

리스트를 작성해가며, 야야는 책꽂이와 벽에 사장의 수집품을 정리정돈했다. 대인용 신 페르소나가 풀려버리기는 했지만, 사장은 그런 걸 신경 쓸 겨를이 없었다.

"더럽혀졌어. 난 더럽혀졌어……."

바닥에 웅크리고 앉아 쿠션 사이에 얼굴을 묻고 있다.

질 좋은 폴로셔츠 옷깃 속에 숨으려 하는 소년 같은 목덜미가 새빨갛게 물든 것이 어렴풋이 보였다.

이러고 있으면 정말 나무랄 데 없는 좋은 청년이지만.
음, 그 뭐냐── 작가라면 남에게는 말할 수 없는 성벽을
반드시 품고 있는 법이니까.

나는 사장을 좀 더 좋아하게 됐다! 선재, 선재로세!

……안 되나?

"그렇게 돼서. 어떻게 된 건지는 나도 모르겠지만──
부디 야야를 위해 발 벗고 나서줄 수 없을까."

있어야 할 것이 있어야 할 곳에 정리된 거실에서 나는
두 손을 모으고 부탁했다.

옆에서는 아직도 가정부 모습인 야야 또한 꾸벅 고개를
숙였다.

"으음── 타로에게 하고 싶은 말은 이것저것 많지만."

사장은 워킹체어에 힘없이 앉으며 깊은 한숨을 내쉬
었다.

"야야야 선생이 청소를 해주신 건 사실이니까……."

그의 시선은 정리 정돈된 작업실 풍경이 아니라.

여중생의 동물귀 두건을 보고 있었다.

야야가 시선을 알아차리고 고개를 갸웃하자 짐승귀 또
한 옆으로 달랑 흔들렸다. 사장의 손가락이 탐욕스럽게 꿈

틀꿈틀 움직였다.

설마 너, 이런 것도 수비범위에 속하냐. 동물이면 뭐든 좋은 거냐······?

"오, 오해야! 타로, 그런 눈으로 보지 마?!"

사장은 두 팔로 ×를 만들어 자신의 얼굴을 가렸다.

그리고 분위기를 바꾸려는 듯 뺨을 철썩철썩 두드리더니 야야를 보았다.

"어······ 야야야 선생하고, 내 담당 편집자를 주선해 달라고 했지······?"

"응응. 원래부터 메일을 주고받았다고 하니까, 적당히 밥만 먹으면 되는 간단한 일이야."

"그럼 네가 가도 되잖아."

"지금은 네 담당이잖아."

사장의 어깨를 몇 번 두드렸다. 부드럽게 타이르듯.

"나하곤 완전히 끝난 사이야. 네가 책임을 져."

"전여친 떠넘기는 남친처럼 말하지 마······. 아니, 남친도 여친도 없으니 모르겠다만. 러브 코미디라면 100명 정도 애인을 썼지만······."

쓸데없는 소리를 중얼거리는 사장과 나를 번갈아 보며 야야는 고개를 갸웃하더니.

가만히 내게 귀엣말을 한다.

"······야야는 인간의 마음을 몰라."

"응?"

"그래도 열심히, 최첨단의 텐군 연구로 도출된 답에 따르면, 혹시…… 텐군은, 첫 담당자랑 만나고 싶지 않아?"

"어, 응…….."

네 연구, 역시 좀 망한 거 아닐까? 그 정도는 사장의 작업장에 끌고 온 시점에서 깨달았어도 됐을 텐데.

"맞았다. 아자."

약간 득의양양하게, 그래도 무표정하게 턱을 드는 아야.

수정구슬 같은 눈동자에 내 얼굴이 조용히 비쳤다.

"……어째서?"

——어떻게 할 수가 없었으니까.

둘 다 자신이 옳다고 믿고, 상대의 방식을 부정하고, 마지막까지 섞이지 않았다. 모든 전쟁과 마찬가지다.

"그 녀석하고 만나봤자 즐거운 이야기는 못 해. 그럼 처음부터 안 만나는 편이 피차 생산적일 거 아냐?"

"상대는 만나고 싶어 하는 것 같았는데도?"

"사교성 발언이란 거야. 쓸데없어."

나는 고개를 돌렸다.

사장의 작업장으로 쓰이는 거실의 벽에는 맞춤 제작한 대형 책꽂이가 늘어서 있다.

동물귀 청소작업원 덕에 정리 정돈된 그 서가의 아래쪽에는 최근 자주 보이는 제목의 책 두 권이 나란히 놓여 있다.

야야의 책과 세이카의 책이다.

『난 두 사람 작품을 하나도 못 봤으니까. 난 정말로 모르겠어. 간행되면 꼭 읽어볼게.』

——성실한 청년은 파티에서 말한 대로 두 수상작을 모두 읽었을 것이다.

포스트잇이 몇 개나 튀어나와 있다. 사장이 참고하면서 읽을 때의 스타일이다. 그 종잇조각이 어느 한 책에 집중된 것처럼 보여서 나는 그곳을 주목했다.

그것이 또렷해지기도 전에,

"으, 으음……."

연신 끙끙거리던 사장이, 눈썹을 늘어뜨린 표정으로 야야를 보았다.

"한 가지 물어봐도 될까."

"——어린 양이여, 무엇이든——."

그 순간 위풍당당하게 대답하는 야야신. 그 캐릭터 전환 바빠서 혼란스럽지 않냐.

"어…… 야야야 선생은, 왜 작가를 지망했어?"

쓴웃음을 짓는 사장의 물음에 야야의 눈이 한 차례 감기더니 천천히 뜨였다.

미동도 하지 않는 종교적 미소에 희미하게 어두운 그림자가 드리워졌다.

"……미안해. 말하기 싫으면 안 해도 괜찮아."

"옛날—— 야야가 아직 어렸을 때. 언니에게 문장을 칭찬받은 적이 있습니다——. 다정한 언니의, 마지막 다정한 말이었습니다."

"『마지막』? 서, 설마 언니가."

야야는 고개를 가로젓고, 멀거니 천장을 올려다보았다.

투명한 눈에는 어렴풋한 향수가 찰랑거렸다.

"그 후로, 언니는—— 영원히——."

"그, 그렇구나, 미안해. 괴로운 일을 떠올리게 했네."

사장이 힘없이 중얼거리고 안경을 벗었다. 어린 소년처럼 눈가를 닦는다.

"그래서 야야야 선생은 죽은 언니와의 추억을 한 조각 한 조각 모으기 위해 작가를 지망했구나……. 아아, 그럴 수가……."

나는 뺨을 긁었다.

"감동하고 있는데 미안하지만, 사장."

"……응?"

"아마 이 녀석 언니, 엄청 쌩쌩할걸."

"그, 그래?!"

아연실색한 사장에게 야야는 고개를 끄덕였다.

"그 후로, 언니는 영원히—— 소설을 읽지 않게 되었습니다. 젊은이의 심각한 활자 이탈. 개탄스러운 일이지요."

"헷갈리게 말하지 말아줘!"

사장이 자신의 안경과 함께 머리를 쥐어뜯었다.

어쩌 그럴 거 같더라. 농담을 이해 못 하는 이 녀석의 문제는 역시 세계 공통이었어.

"――그때의 칭찬을 찾아, 야야는 작가가 되고 싶었습니다――. 될 수 있으리라 생각했습니다. 그리고, 되었습니다――. 야야에게는 재능이 있습니다――. 야야는 야야의 재능을 믿고 있습니다――."

야야는 낭랑히 읊조렸다. 마치 파티의 수상자 소감 때처럼.

조금 전의 말이 떠올랐다. 『다음에는 좋은 평가를 받겠다』.

하나같이 일관적이다.

칭찬을 받았으니까 작가를 지망했다.

좋은 평가를 받기 위해 이야기를 쓴다.

"……그렇게 완성된 게 그 수상작이었구나."

사장은 다시 난감한 듯 미소를 지었다.

안경 너머로, 시선이 흘끔 나를 향했다. 무언가 말하고 싶은 듯한―― 혹은 무언가를 말해주었으면 하는 얼굴이다.

"――왜?"

사장의 의도를 알 수 없었다.

야야의 말은 지극히 타당하다. 크게 공감이 간다.

그도 그럴 것이, 나도 비슷했으니까. 팔리는 글을 쓰기 위해 첫 담당자와 싸우고, 남이 원하는 것을 원하는 대로 쓰게 되었으니까.

흔한 이야기다. 당연한 이야기다. 2차원에 문자를 늘어놓는 것보다 즐거운 일 따위 세상에는 얼마든지 있다.

칭찬을 받아야만 한다. 좋은 평가를 받아야만 한다.

누가 일부러 힘들게 고생을 하면서까지 소설을 쓴단 말인가?

우리는 같은 굴 속의 글쟁이다. 나도 사장도 야야도, 근본적으로는 같다.

자세에는 아무런 차이도 없다.

"——그럴까?"

사장은 이번에는 소리를 내 불쑥 중얼거렸다.

짧게 숨을 들이마시고, 길게 내뱉더니, 야야의 눈을 보며 말했다.

"미안해. 야야야 선생을 도울 수는 없겠어."

그것은—— 딱 부러지는 거절이었다.

너무나도 명확해서, 놀라움보다도 본능적인 이해가 앞섰을 정도였다.

설령 지금 무슨 대답을 하더라도, 사람 좋은 이 청년이 판단을 뒤집는 일은 없을 거라고.

"야야야 선생은 될 수 있는 대로 빨리 편집자와 만나고 싶지? 난 지금은 여러 레이블에서 책을 쓰고 있다 보니, 스케줄 때문에 기대에 부응하지는 못할 것 같아."

사장은 부드러운 목소리로 말을 이었다.

하기야 다작 작가인 이상 마감이 잇달아 겹쳐지는 경우가 있다. 맹렬히 바빠질 때도 있다.

하지만 지금은 플롯 기간이거나, 기껏해야 초고를 막 쓰기 시작했을 때일 것이다. 집필이 가경에 접어들면 그 분위기는 쉽게 느껴지고, 사장도 작업장 문을 열어주지 않는다.

그리고 플롯을 짜는 시기의 사장은 외부의 자극을 추구하는 타입이다.

세이카에게서 스터디 모임 요청을 받아도 한 번도 거절한 적이 없었다. 실례라는 개념이 없는 그 요구 트리플 토핑 돌격악마에게 친절하고 꼼꼼하게 대응해주는 모습을 몇 번이나 목격했다.

……야야를 뭐라고 생각하는 걸까, 정말로.

"청소에 대한 보답은 하고 싶으니까—— 야야야 양에게는 작가로서가 아니라, 개인적으로. 크게 한턱내는 걸로 할까."

사장은 부드럽게 웃었다.

동물귀 두건은 이제 쳐다보지도 않았다.

"——야야는, 미움받고 있어?"

밤 9시가 지나, 신주쿠 역에서 헤어질 때.

인파에 묻힐 정도의 조그만 음량으로 혼잣말처럼 중얼거리는 목소리를 귀가 포착했다.

지하로 내려와도 묘하게 선뜩해지는 바람이 지나갔다.

바람에 밀려 얼굴을 돌리자, 인간의 마음을 모른다던 소녀가 멍한 눈으로 이쪽을 올려다보고 있었다.

"모르겠다."

나는 고개를 가로저었다.

사람을 좋아하고 싫어하는 모습을 별로 보여주지 않는 녀석일 텐데——라는 말은 하지 않았다.

대신, 억양 없는 야야식 말을 따라했다.

"사장의 감정은 몰라. 우리에게는 데이터가 부족해."

"……응."

"미움을 받든 아니든, 어쨌거나 저쨌거나 타인의 감정은 우리가 알 바 아니지. 사장 자신이 품은 것이고, 야야와는 독립된 영역에 있어. 그렇지?"

"……그 말이 맞아. 그 말이 맞, 지만."

"어때, 야야하고 비슷했어? 나도 여중생이 될 수 있을까? 예~이."

"……"

"야, 뭐라고 말 좀 해. 멋들어진 조크가 그냥 변태처럼 보이잖아."

"……"

무시한 야야는 가발을 벗고 동물귀 두건을 정리했다.

매우 느릿느릿하게 학생용 가방에 욱여넣는 동작을 보며, 나는 한숨을 쉬었다.

이렇게 되면 어쩔 수 없지.

"──암리타 편집자하고 만나는 거, 같이 가줄게."

야야의 시선이 위를 보았다.

"피차 얼굴도 모르는 사람하고 만나는 건 성가시니까, 처음 한 번만이야. 적당히 인사 끝나면 나는 먼저 나갈 거야. 야야도 작가니까, 그 이상의 서포트는 필요 없겠지?"

"작가. 야야도, 작가, 일까."

"무슨 소리야? 어엿하게 인정받은 대상 작가잖아."

"아냐. 고마워. ⋯⋯⋯⋯."

무언가를 망설이는 듯한 침묵이 지나간 후,

"텐군은 정말로 괜찮아? 작가인데. 야야를 도와줘도, 폐가 되지 않아?"

"뭐, 나도 가끔은 인간관계를 공부하려던 참이었으니까."

"⋯⋯그렇구나. 잘됐네."

야야는 고개를 세로로 끄덕 움직였다.

"──⋯⋯."

그렇게, 끊임없이 흘러가는 강 같은 사람의 움직임에 몸을 맡기며, 돌아보고 입을 조그맣게 움직였다.

"텐군은."

"응?"

"왜, 작가가 되고 싶었어?"

"……옛날에 잊어버렸어. 벌써 옛날 옛적 얘기야. 많이 칭찬받고, 나름 돈을 벌고 싶었던 거 아닐까."

나는 어깨를 으쓱했다.

그 순간 야야의 입술에서 살짝 힘이 풀리는 것처럼——그렇게 보였다.

"거짓말은 잔뜩 하면서."

"……아?"

"텐군은, 사교성 발언은 서툴러."

그 말을 끝으로, 수수한 머리색을 한 소녀는 역 구내로 사라졌다.

나는 조금 늦게 하행 케이오 선을 탔다.

본격적으로 추워지는 겨울 바깥공기가 문틈으로 밀려든다.

귀가 러시 때문에 붐비는 차량 안에서, 사람들에게 밀려 창유리에 머리를 붙이고 흔들리는 전철에 몸을 맡긴 채 서서히 눈을 감았다.

과연 어떤 거짓말이 들통 났던 걸지 생각하며.

그날 밤, 올해 처음으로 눈이 내렸다.

같은 작가 동료

"사장"

텐진과 동기 데뷔한 작가. 암리타 문고 출신.
친가가 레스토랑 체인을 경영하기 때문에 친구
들에게서는 『사장』이라 불린다.
『저녁놀 소나타』로 데뷔. 현재는 여행을 하는
교육 판타지 『모든 것이 종이접기가 된다』시
리즈를 집필하며 여러 레이블에서 활약 중.

"매장사"

텐진과 동기 데뷔한 작가. 야마카와 문고 출신.
출세작인 바이올런스 전투활극 『매장사 풍운록』
에서 유래되어 친구들에게서는 『매장사』라 불
린다.
현재는 『매장사 풍운록 제2극』을 간행. 이 시리
즈는 TV 애니메이션 기획이 내밀히 진행 중.

"텐데 타로"

텐진의 펜네임. MF 문고 J 출신.
사장과 매장사에게는 『타로』라 불린다.
『울보 뱀파이어』로 데뷔. 만화화된 두 번째 작
품을 거쳐 현재 세 번째 작품을 3권까지 간행.

4장

그런 악마는 망가뜨려버려

일기예보로는, 눈은 관동 지방 일대에 꼬박 하루에 걸쳐 두툼하게 쌓일 거라고 했다.

도쿄 시내의 초중학교는 모조리 계엄태세를 발령하고 일찌감치 휴교 공지를 내보냈다. 도시기능의 마비가 예상되는 상태에서는 현명한 판단이었다고 생각한다.

하지만 밤 사이에 동장군의 마음이 바뀌고 말았는지, 어제와 오늘 이야기가 달라지는 편집자처럼 아침이 되자 구름은 완전히 사라져버렸다.

지면에 남은 눈은 오후가 되기 전에 거의 녹아버릴 것이다. 곳곳에서 학교에 가지 않은 아이들이 눈장난을 만끽하는 모습이 보인다.

기분파 동장군의 해피 서프라이즈 프레젠트인 셈이다. 종종 이렇게 변덕스러운 편집자가 일은 더 잘하니 민폐스러운…… 무슨 얘기 하고 있었더라.

맞아맞아, 일 얘기였지?

학교가 쉬어도 블랙 회사에는 휴일 따위 없다. 어른이 된다는 건 슬픈 일이구나. 특히 진학 학원에서는 2월이란 달은 1년 중 가장 특별한 시기다. 그 이야기도 언젠가 다시 해보자.

아무튼 입시 시즌의 업무는 썩어 넘쳐날 정도로 많다.

쵸후 분원에 출근해 쌓인 일을 처리하기 전에, 나는 아침부터 출판사로 향했다.

상관없다고 몇 번이나 말했는데도, 작품 조기 중단 건에 대해 편집장의 사정 설명이 있다나 뭐라나 해서, 이런 날에 일부러 시간을 내준 것이다.

그런 걸 해봤자 전혀 의미가 없다고 생각하지만.

이제 와서—— 뭔가가 달라질 것도 아니고.

"어쩔 수 없어, 어쩔 수 없다면 어쩔 수 없어——."

입속에서 말을 굴리며 이이다바시 역에서 본사 사옥까지 좁은 길을 걷고 있으려니, 타이어가 요란하게 미끄러지는 소리가 들렸다.

진창길에서 미끄러진 대형 바이크가 눈앞의 인도로 육박하다가 아슬아슬하게 멈췄다.

"와아, 큰일 날 뻔했네."

헬멧을 벗자, 뒤로 한데 묶은 장발이 흘러나왔다.

얼어붙을 것 같은 기온 속에 하얀 입김이 가볍게 흘러나왔다.

"이런 날씨에 억지로 끌고 나오는 게 아니었는데—— 타로의 장례식에 부조를 해야 할 판이었어."

"……거액의 배상금을 왜 부조로 때우려고 하냐."

"나랑 타로 사이잖아? 세상에서 제일 친한 절친인데."

"징그러워. 혹시 너…… 응, 평소의 매장사구나."

나는 한숨을 쉬었다.

생각해 본적도 없는 말을 이어나가는 기술에 관해서는 아마도 업계 톱일 것이다. 이 녀석이 왜 호스트를 하지 않고 작가 같은 걸 하고 있는지 모르겠다.

"타로는 아침 일찍부터 고생이 많아. 회의 있어?"

"……뭐, 그 비슷한 거야."

교통난을 걱정해 일찍 나온 탓에 약속 시간까지는 아직 1시간이나 남았다.

"역시 성실한 회사원, 시간 관리가 평범한 백수하고는 다른걸."

매장사는 바이크를 갓길에 세워놓고 가드레일에 기대듯 고정시켰다.

불을 붙이지 않고 입에 머금은 담배를 까닥까닥 흔든다. 일상의 별것 아닌 동작이 일일이 멋이 나는 남자가 있는 법이구나. 나 원.

"너랑 이이다바시에서 만날 줄은 몰랐는데. 근처에 여자 집이라도 있냐?"

"집이라기보다—— 요즘 여러모로 화제인 MF 씨한테 놀러 갈까 하고."

겨울 하늘을 올려다보는 매장사의 가느다란 눈은 별로 눈빛을 바꾸거나 하진 않고,

"그거 아냐? 나 말야, 지금 원고 하나도 안 쓰고 있다."

아무렇지도 않다는 듯 말했다.

그러고 보니 사장이 언뜻 그런 소릴 했던 것 같기도

하다.

"애니메이션 회의가 금방 시작될 텐데, 큰일 났지 뭐야. 담당 겸 프렌드의 추궁이 진짜 힘들어서, 너희 편집자한테 숨겨달라고 할까 하고."

"왜 그렇게 되는지 전혀 모르겠다만."

"그 왜, 작가가 바람을 피우려면 상대는 양쪽 모두 편집자로 해두면 잘 돌아간다고 하잖아?"

"누가 그러는데. 샘플도 별로 없는 TMI 꺼내지 마."

"하지만 MF 씨네 편집자는 여자도 남자도 가드가 단단하다는 게 사실이야?"

"생각해본 적도 없다……."

PC에 대해 깐깐한 시대니까 그런 소리는 좀 하지 마라. 텐데 타로는 모든 편집자와 비즈니스적인 교제를 하고 싶습니다.

"……근데 말야, 타로."

희뿌연 태양을 바라보던 매장사가 별거 아니란 듯 입을 열었다.

"사장한테 들었는데—— 응?"

그리고 그 말이 중간에 우뚝 멈추었다.

가느다란 눈은 내 어깨 너머로 누군가를 보고 있었다. 시선을 따라가 돌아보니,

"——안녕하십니까——."

당황한 듯, 만들어낸 미소를 짓는 야야신이 있었다.

야야는 2권 저자 교정고 때문에 출판사에 왔다고 한다. 휴교여도 교복을 유지하는 중학생은 엄지장갑에 학생용 가방을 안고 있었다.

하지만 시베리는 편집장에게서 이야기를 듣는 자리에 동석할 테니, 한동안은 그쪽을 신경 쓰지 못할 텐데.

그걸 에둘러 물어보자,

"——일찌감치 도착했습니다——. 저기에서, 기획서 같은 것을, 조금 고쳐볼까 하고——."

북카페 쪽을 가리킨다.

"아아, 그거 말이구나."

암리타 문고 편집자의 의견을 물어보고 싶었다는.

의욕이 있는 건 좋은 일이다. 무슨 일에나. 기력이 사라지는 것보다는, 훨씬.

"얘가 그? 타로가 일부러 같이 다닌다는 개야?"

매장사가 담배를 살랑살랑 흔들며 맞장구를 치자,

"——예, 그렇습니다——. 야야는 이만 먼저——."

야야는 불편한 듯 고개를 움츠렸다. 자애의 신에게서는 별로 볼 수 없는 몸짓이었다.

"아니아니, 내가 이이다바시에 실례한 거니까. 미안미안."

그렇게 말한 매장사는 짝짝짝, 별로 마음이 실리지 않은 손뼉을 쳤다.

"타로한테는 나도 고개가 숙여져. 온갖 애들을 위해 노력을 아끼지 않다니, 그럴 수 있는 사람이 얼마나 되겠어."

"뭔데. 무슨 말을 하려고."

"……역시 말야, 그런 거시기가 취향이야?"

"거시기가 뭔데. 아니야."

"동물귀 매니아 사장도 그렇고, 내 동기는 취향이 독특해서 부럽구만."

"남의 일처럼 말하지 마. 너도 여자 밝히는 여성혐오자라는 어엿한 특수성벽이 있잖아."

"이단의 측면에 있으면 뭐가 이상하고 뭐가 이상하지 않은지 모를 수도 있지만, 이쪽은 지극히 노멀이거든……."

매장사는 표표히 말했다.

그 너스레를 떠는 시선이 야야의 금발을 핥듯이 바라보았다. 야야가 살짝 어깨를 흠칫했다. 뭐지?

"아아── 야야라고 했지? 수상작 읽었어. 데뷔 축하해."

하지만 그가 건넨 말은 매우 부드러웠다.

나는 뺨을 긁었다.

"네가 라이트노벨을 읽다니 웬일이야."

"요즘 몇 명한테 차여서 시간이 쓸어다 버릴 만큼 남아돌거든. 평소 같으면 중간에 그만뒀을 독서도 너무 잘 돼서 미치겠어."

"심심하면 원고를 써……."

"그게 되면 누가 고생을 하겠어."

매장사는 손 안에서 라이터를 뱅글뱅글 돌렸다.

규칙을 어기고 담배에 불을 붙일지 말지 망설이는 것 같은 동작은, 이윽고 짤깍짤깍 리듬을 넣는 듯한 소리로 바뀌었다.

"하지만 뭐, 이것도 신인지 뭔지의 은총이려나──."

눈앞에 있는 중학생의 대인용 캐릭터를 아는지 모르는지, 가슴께에 연극적인 성호를 긋더니.

"야야하고는 한번 얘기를 나눠보고 싶었어."

당대 최고 독설가의 입술이 희미한 곡선을 그렸다.

"지난 1년 동안 읽은 책 중에서 제일 흥미로웠거든."

"그, 건, 고맙습니다──. 감사, 드립니다──."

"덕분에 이것저것 생각할 수 있었어. 야~ 만나서 다행이야."

──반사적으로.

위험하다, 는 생각이 들었다.

매장사가 이런 식으로 환영할 때는 누군가를 매장하려 할 때뿐이다.

야야에게 눈짓을 했으나, 더는 그 자리를 떠나려 하지 않았다. 뱀 앞의 개구리처럼 몸을 움츠리고 말았다.

"야, 매장사──."

"괜찮아 괜찮아. 내가 막돼먹은 놈이긴 해도 인간을 포기하진 않았어."

끼어든 순간 파닥파닥 흔드는 손.

"어떻게 그런 책이 태어났을까 하고 말이지. 새로운 센스. 사고방식. 집필방법. 그런 걸 묻고 싶었을 뿐이야. 왜냐면 내가 지금 아~무 것도 쓰지 못하고 있거든. 지푸라기라도 잡고 싶어질 거 아냐?"

"너 말투가 좀……."

"타로야말로 너무 과보호하는 거 아냐? 내가 뭐 대놓고 험담을 하겠다는 것도 아니고."

매장사는 시니컬하게 웃었다.

하기야 그렇다. 나에게 독설을 내뱉을 때에 비교하면 지금의 말투는 상당히 부드럽다.

하지만——

"……험담이 차라리 낫지."

그 말투야말로 견딜 수 없는 것이 있다.

입술을 깨문 야야의 표정에는 여느 때의 신 페르소나는 잔재조차 없었다. 창백해진 흥분과 도전을 할 수는 있을 정도의 두려움이 공존하고 있었다.

"『도중에 그만두는 독서』. 『이것저것 생각할 수 있었다』. 『지푸라기라도 잡고 싶어졌다』. 야야의 연구에 따르면—— 그건 전부, 재미가 없었을 때 쓰는 말이야."

"헤에에, 그런 거야? 공부가 되네에."

"──얼버무리지 마. 야야는── 야야도, 작가니까. 이유 없는 불만도, 이유 **있는** 비평도── 제대로 받아들여."

"……요즘 프로 작가 선생님들은 정말 대단하셔."

매장사의 목소리에 약간의 가시가 섞였다.

그 시선이 또 야야의 몸 윤곽을 훑었다. 거기서 앳된 모습을 찾아내려는 듯.

"그래요── 이젠, 프로죠. 당신들과 마찬가지."

이를 대하는 야야는 자신의 머리카락을 꼭 쥐고 있었다. 금색의 화려한 가발이 떨어지자 평범한 머리색이 나타났다.

수수한 중학생이, 어깨를 떨며, 그래도 어른을 빤히 바라보았다.

"같은 업계 사람에게는, 확실하게, 말하면 돼요."

"……흐응."

매장사는 재미도 없다는 듯 혀를 찼다.

코트 주머니에 손을 집어넣고는,

"그럼 뭐, 그러네. 감상은── **재미없었어.**"

담배를 내뱉듯 말했다.

"하지만 단정 짓는 건 좋지 않고, 시간은 내다 팔 정도로 많아서, 인터넷에 알아봤거든. 뭐였더라──『이 투고작품에는 장대한 이야기가 있다. 중후한 테마가 있다. 하지만 등장인물은 작가 한 사람밖에 없다』던가?"

강평을 읊는 매장사에게 야야는 고개를 움직이는 형태

의 긍정으로 대답했다.

유리구슬 같은 눈동자는 상대를 비춘 채 깜빡이지도 않았다.

"이건 말야, 좀 틀렸다고 생각하지 않아?"

"……틀렸다?"

"캐릭터만이 아니라 말이야. 장대한 이야기인지 뭔지도, 중후한 테마인지 뭔지도, 전부 그래. 이 작품세계에는 한 사람밖에 없어. 철두철미하게, 자기 얼굴만 보고── 자기가 칭찬받는 것만 생각하고 쓴 이야기밖에 없어."

"……그, 건."

"그건, 알아. 내 다 알지. 나도 사랑받고 싶은걸. 이 세상 모든 사람이 누군가에게 사랑받고 싶어 하지."

시선을 받은 매장사는 표표한 목소리로 되받아쳤다.

하지만 겨울 색깔 속에 하얀 숨결이 섞이는 일은 이제 없었다.

아스팔트까지 떨어져, 지저분한 눈을 질척질척하게 녹인다.

"하지만 자신을 위해 쓴 이야기라면 상업 출판을 할 의미가 없지. 지하실에 틀어박혀 죽을 때까지 수기라도 쓰면 돼. 그렇잖아?"

"……."

야야는 무표정한 채 미동도 하지 않았다.

너무 입을 다물고만 있었으므로.

"난 그렇게는 생각하지 않아."

견디지 못하고 끼어들었다.

"자신을 위해서만 쓰더라도, 가치가 있는 이야기는 얼마든지 있어. 하나의 창작 수단을 인정하지 못하는 건 단순한 편협 아냐?"

"오오, 정말로 다정해졌네, 타로. 막 데뷔해서 날카롭던 시절하고는 달라……."

매장사의 가느다란 눈이 비아냥거리듯 웃음을 머금었다.

"미리 말해두지만 오해하지 말라고? 난 쟤를 진심으로 동정하고 있어. 최악의 물건하고 비교당했구만, 하고."

나는 야야의 얼굴을 보았다. 야야는 내 얼굴을 보지 않았다.

──최악의 물건이라니, 뭔데.

입 밖으로 내려던 말은 결국 의미를 잃었다.

"어머어머 안녕하세요! 무슨 일이신가요, 다들 이렇게 모여서 눈 오는 밤에 귀신이라도 본 표정으로── 헉?! 혹시 제 이야기를 하고 계셨나요? 시대를 뒤흔드는 세이카 님의 이야기인가요?!"

최악의 타이밍에, 최악의 빌어먹을 악마가 나타났기 때문이었다.

"야야 씨도 2권 저자 교정고 때문에 오셨나요? 저도예요, 같은 달에 간행되니까요, 같이 열심히 해요! 매장사 선생님, 인사가 늦어져서 정말 죄송합니다! 다음에 정식으로 찾아뵙고 이번 수상의 사례를 드리고 싶어요!"

세이카는 보기에도 들떠 있었다.

망연자실한 우리에게 정중하게 인사는 했지만, 모두가 입을 다물고 있는 이유까지는 알아차리지 못했다.

접은 우산을 팔에 걸고 빙글빙글 원을 그리듯 눈 위를 좌로 우로 활달하게 태연하게 스탭 & 스킵, 슬랩스틱한 머신건 토크.

"어머, 혹시 야야 씨 머리 자르셨어요? 그것도 어울리네요! 매장사 선생님은 바이크 바꾸셨나요? 멋있어요, 다음에 한번 태워주세요. 그리고 텐진 선생님——."

마지막에는 내 품에 파고들더니 에헤헤 웃었다.

"운명이란 서로 이끌리는 거네요——. 이런 날에 이런 곳에서 만날 수 있다니. 오늘은 우리한테 정말 잘 어울리는 날씨죠?"

"어울린다니……?"

"그야 이렇게나 아름다운 눈이 오고 있지 않나요!"

"왔구나. 치매가."

"연인과 있을 때의 눈이란 특별한 기분에 잠길 수 있어서 전 좋아해요."

"망언과 망상을 서로 부딪쳐서 반전시키는 마이너스 곱셈 이론이냐고."

초롱초롱한 눈으로 구름 없는 하늘을 올려다보는 세이카에게는 무언가 보여선 안 될 것이 보이는 모양이었다.

이 녀석의 텐션에는 늘 '하이'밖에 없지만, 오늘은 그보다도 한 단계 기어가 높았다. 눈 밑에는 진한 다크서클이 생겨서,

"⋯⋯너, 잠 안 잤냐⋯⋯."

밤샘 후의 내추럴 하이 그 자체였다.

"맞아요, 이틀 밤샘이에요, 2권 최종조정에 애를 먹어서 ── 하지만 그 덕에 더 가공할 작품으로 완성됐어요! 천하무적의 텐진 세이카가 무쌍의 대활약! 여중생 워프홀에서 무한히 분열증식하는 로리콘 선생님에게 계속해서 봉인마법!"

"너 무슨 장르를 쓰고 있는 거야?"

"2권을 읽어보시면 아무리 텐진 선생님이라 해도 우리의 아이를 확실하게 인지하게 되실 거니까요! 양육비는 매주 데이트로 지불해주셔도 돼요!"

"신종 사기 수법이냐고⋯⋯. 아니, 사기 수준이 아니잖아. 대체 뭐야 이거. 이젠 뭐가 뭔지 모르겠다."

"아앗차 죄송합니다, 시간이 거의 다 돼서요, 이젠 가봐야겠어요! 언제까지고 저와 이야기를 나누고 싶은 텐진 선생님의 마음은 거듭거듭 이해하지만서도요!"

"아니, 어⋯⋯."

"이게 끝나면 특전소설이라든가 잡지 단편이라든가 이 것저것 써야 하는데요, 아주 조금 손이 비기도 하니까, 텐 진 선생님, 또 저를 밤의 러브러브 개인레슨에서 팍팍 단 련시켜 주세요!"

"응, 네⋯⋯."

"아무튼 저무튼, 텐진 선생님을 위해 써낸 저의 사상 최 고 걸작 2권, 부디 부디 읽어주시면 좋겠어요!"

호랑이에 날개, 도깨비에게 방망이, 악마에게 내추럴 하 이텐션.

그로부터 10분 정도 하고 싶은 말을 주워섬겨대고, 세이 카는 폭풍처럼 사라졌다.

이걸 대체 뭐라고 해야 하나⋯⋯.

독으로 독을 제압한다고 하는 게 옳을지도 모르겠지만, 분위기도 어쩐지 싹 표백되고 만 것 같았다.

"이거 참, 언제 봐도 길 없는 길을 풀스로틀로 밟는 애 구나."

독기가 빠져나간 듯 매장사가 큭큭 자연스럽게 웃었다.

"난 좀 대하기 힘들지만."

"⋯⋯뭐, 그렇겠지."

그 감정은 보면 알 수 있었다. 처음 만나게 했던 날부터 그랬다. 모르는 사람은 천하태평 천국기분 빌어먹을 악마 뿐이다.

"저렇게 쓴 작품이 팔리는 건 나쁜 일은 아니라고 생각하게 돼버렸어. 나도 늙었구만."

"——야야도 마찬가지야."

다른 데서 동의의 목소리가 나왔다.

무표정한 야야가 공허한 눈동자로 매장사를 바라본다.

"동기가 주목받는 건 매크로하게 보면 기쁜 일. 마이크로하게 말하자면—— 야야와는 관계없는 일이야."

"……그러냐?"

"당신의 조금 전 주장은 이해했어."

야야는 천천히 자신에게 금발 가발을 장착하며 말했다.

그렇게 해, 조금씩, 속세에서 독립된 신으로 다가가는 것이다.

"그녀는 적어도 누군가를 위해 쓰고 있어. 누군가를 즐겁게 해주고자 쓰고 있어. 그게 야야와의 차이야. 동기 데뷔로 명확해졌지. 그렇지?"

"으음…… 단순화해버리면 그런 얘기가 되려나…….."

"의견은 의견으로 받겠습니다. 나중 일은 야야가 생각하겠습니다. 이것은 야야의 문제이지—— 당신의 문제가 아닙니다."

"그건 그래. 그야 그렇지. 찍 소리도 못 하겠네."

오버액션으로 항복 포즈를 짓는 매장사를 상대로, 조용한 인사를 한 차례.

"솔직한 충고에는 감사드립니다—— 그러면 실례."

마지막에는 초연한 미소를 되찾고.

신은 천천히, 북카페 쪽으로 걸어갔다.

📖

"또 여자한테 미움받아버렸네에…….."

등을 지켜보지도 않고, 마음 아파하지도 않는 어조로 매장사가 말했다.

"선택지가 많은 남자는 여유롭구만."

"그러냐? 타로도 중학생의 선택지가 풍부한 것 같던데. 낮에도 밤에도 이것저것 졸라대고 그러지 않아?"

"어폐밖에 없는 말은 하지 말아줄래?"

"뭐, 하지만. 모른다고는 해도── 아직까지 가르침을 청한다는 건 아이러니구만."

매장사는 발끝으로 가볍게 지면을 두드렸다. 흙색으로 지저분해진 눈 위에서 들뜬 세이카의 스텝을 흉내 내듯.

『야한 일이 주특기인~』의 판매부수, 지금 타로가 쓰고 있는 작품 누계랑 비교하면 말야."

"……알아. 1권만 가지고도 트리플 스코어지."

내가 원고와 수업 사이를 왕복하는 사이에.

눈앞의 일 전부를 그저 수행하는 사이에.

그 녀석은 눈 깜짝할 사이에 잘 나가는 작가가 된 것이다. 후진을 단련하기는커녕 천 길 낭떠러지 밑에서 올려다보는 것은 이쪽이 되었다.

"……."

매장사의 가늘게 뜬 눈이 가만히 나를 바라본다.

"……야, 타로. 우린 세계에서 제일 친한 친구지?"

"응? 바이크 타다 머리 박았냐? 병원 갈래?"

"동기의 정도 있으니까―― 마지막으로 이 말만 할게."

새 담배를 입에 물고 불을 붙이지 않은 채 살짝 혀를 찬다.

"언제까지 옆길로 샐 거냐."

"……또 그 얘기냐."

"새로운 이야기야. **새로운 짐짝 이야기라고.**"

"――……."

입을 다문 나에게는 아랑곳하지 않고 매장사는 시선을 돌렸다.

두 여중생이 사라져간, 같은 길의 다른 인도.

"타로도 읽었잖아. 비슷한 생각을 했잖아. 나하고 넌 라이트노벨 읽는 방식이 비슷하니까."

천천히 천천히 눈을 밟아 다지듯 걸어가고 있으므로, 아직 목소리가 닿을 만한 거리에 야야의 뒷모습이 있다.

그쪽으로 눈길을 주면서,

"쟤는 안 되겠어. 재능이 없어. 애석하게도―― 우리도 알 수 있을 정도로."

한껏 비아냥거리며 동기가 말한다.

"너무 다정한 것도 가엾다는 생각 안 드냐? 범재를 인기 작가랑 나란히 취급하면서 일부러 휘둘러대고. 미적지근한 환경에 담가놓고 현실에서 눈을 돌리는 데 같이 놀아주고. 그런 데게 네 시간을 낭비해서 어쩌자는 거야?"

그것은 너무나도 신랄하고 너무나도 잔혹해서.

아아, 역시.

"우린 재능의 세계에서 싸우는 글쟁이야. 빌어먹을 범재들까지 챙겨줘 봤자 얻을 건 하나도 없어."

여자를 밝히는 여성혐오자 매장사는, 중학생들한테는 정말로 봐주고 있었구나── 하고 멍하니 생각했다.

"쥐어 짜내는 재능이란 지하실의 탄광이나 마찬가지. 다 써버리면 그걸로 끝장이야. 언제가 될지는 몰라도, 끝은 반드시 찾아와. 나처럼."

여느 때처럼 표연하게 어깨를 으쓱하는 모습에서 매장사 특유의 자학적인 씁쓸함이 배어 나왔다.

매장사는 그저 시니컬하게 웃는다.

"타로가 이미 늦었는지 아직 안 늦었는지는 모르겠지만── 이제 그만 우선순위란 걸 생각해."

"잘 생각하고 있어."

"……그럼 말야, 좀."

"네가 하는 말은 맞아. 하나도 틀린 거 없어. 하지만─."

나 또한 슬쩍 웃었다.

인생에 대한 몇 가지 일.

무엇을 선택하고 무엇을 버릴지.

여름 끝물에 내 눈앞에 떨어졌던 그 물음을, 오랫동안 생각하고 있었다.

그리고, 대답이, 겨우 나왔다.

──**그게 아니야, 매장사.**

아침의 북카페에는 한 명의 손님밖에 없었다.

그래도 인공적인 난방이 가게 내의 기온을 일정하게 유지해주었다. 한겨울의 얼어붙을 듯한 추위를 한순간이라도 잊게 해주려는 듯.

완전히 맛을 들인 샌드위치를 주문하고 나도 자리에 앉았다. 단 한 명만이 채워진 테이블의 맞은편에.

"──합석하지 않는 편이── 좋지 않을는지요."

조용히 못을 박는 야야신은 시선도 돌리지 않았다.

카페의 책장에서 가져온 문고본을 조용히 읽고 있다. 그 제목과 저자명은 이미 백 번도 넘게 보았다.

『야한 일이 주특기인 선생님이 나를 협박하는 건에 대해!』

세이카 아즈키 선생의 저서다. 담당 편집자의 선전 문구에 따르면 레이블 사상 최고 속도로 10만 부에 도달했다고 한다. 농담이 아니라 괴물이라고밖에는 형용할 수 없는 숫자다.

"2권은 얼마나 찍을까⋯⋯."

"글쎄요—— 야야는 상상도 할 수 없다는 것은 확실하지요——. 이쪽의 2권은 평범한 숫자라고 들었으니까요."

어째서인지 야야는 평범의 '범'이라는 글자에 힘을 주며 말했다. 어쩌면 매장사의 목소리를 들었는지도 모른다.

"⋯⋯네 1권 매상 자체는 지금의 시장에서는 그리 나쁘지 않았을 텐데. 대상 수상작이라 많이 찍었던 게 영향을 미쳤는지도 모르지."

"상의 무게가—— 범재에게는 지나쳤는지도 모르지요."

야야는 분명히 범재의 '범'이라는 글자에 힘을 주어 말했다. 이거 분명 매장사 목소리 들었구만?

"⋯⋯너답지 않아. 야야의 재능을 믿으라느니 떠들어대던 녀석이 할 소리야?"

"시장에 평가를 받지 못했으니—— 약속대로 벗어. 우웨헤헤헤, 하고—— 이 자리에서 야야의 교복에 손을 댔던 사람이 할 소리입니까?"

"전후 관계에 중대한 차이가 있다만?"

"야야의 마음은 대지보다도 넓고 대해보다도 더욱 넓기에—— 그렇기에. 팔리지 않았던 것은 팔리지 않았던 것이라고—— 받아들일 만한 도량이 있습니다. 신은 변명을 하지 않습니다."

부드러운 목소리를 듣는 사이, 내 발끝에 무언가가 겹쳐지는 감각이 느껴졌다.

테이블 밑에는 황금 다발이 떨어져 있다. 마치 지상에 강림한 신의 위업처럼── 물론 그렇지는 않다.

가발이다. 신 코스프레를 위한 머리가 떨어져 있다.

손을 뻗어 주워주자, 그제야 처음으로 깨달았다는 듯.

"그러니까── 이제, 신경 쓰지 않아도 돼."

야야의 목소리에서, 만들어낸 자애의 색이 빠져나갔다.

"텐군과의 비즈니스는 끝났어. 이런 데서 합석하지 않아도 돼. 텐군에게 도움이 안 돼."

"……설마 매장사한테 들은 말 신경 쓰는 거야?"

"아니. 이건 합리적인 판단이야. 그의 말은 고맙게 생각해. 현재 상황의 과제가 명확해졌어. 야야의 단점은 캐릭터만이 아니었던 거니까, 아직 텐군과 의논할 영역까지는 가지 못했어."

책상에 가발을 놓아도 야야는 회수할 수 없다.

두 손이 자유롭지 못하기 때문이다.

야야는 세이카의 책을, 가슴 앞에 크게 펼치고 있다. 그것을 칸막이 삼아, 나와 시선을 나누기를 거부하듯.

"야야는 한동안 연구할 거야. 읽고, 깊이 읽고, 또 읽을 거야."

책을 쥔 그녀의 손이 가늘게 떨리고 있었다.

신을 가장할 필요가 없게 된 인간의 목소리가 미덥지 못하게 흔들렸다.

"곱씹어야만 해. 야야보다 훨씬 풍부한, 동기의 재능을."

창밖을 대형 바이크가 지나간다.

비아냥거리는 듯한 배기음은 미처 닫지 못했던 가게의 문을 흔들었다. 틈새로 바람이 불어왔다. 얼어붙은 한 줄기 바람이.

관엽식물이 술렁이고 벽의 포스터가 펄럭였다.

문고본이 바람을 맞고 야야의 손에서 미끄러져 떨어졌다.

칸막이에 가려졌던 뺨은,

"그리고── 야야는 언젠가, 그녀를 넘어서야만 해."

하염없이 젖어 있었다.

계속해서 계속해서 새로운 줄기를 새기듯, 굵은 눈물이 줄줄 흘러내렸다. 눈앞의 테이블에는 조그만 호수가 생겨났다.

"너……."

야야는 계속 울고 있었던 것이다.

아마도 등을 돌리고 걸어 나가던 그때부터 계속.

재미없었다고, 대놓고 말했는데, 어떻게 흘려넘길 수 있겠는가.

처녀작을 비교당하고, 멸시당했는데, 어떻게 아무 생각이 없겠는가.

"……그렇겠지……."

나는 깊이 탄식하고 천장을 우러러보았다.

이해한다. 야야야 야야. 네 마음은 잘 안다.

나도, 천재는 아니니까.

나도, 평범한 인간이니까.

이 세상에는 분한 일뿐이다.

데뷔작을 조기 중단당하면 분하다. 세 번째 작품이라도 비슷할 정도로 분하다. 동기와 비교당하면 분하다. 편집장이 달래주려 하면 더더욱 분하다. 담당에게 패배를 인정하는 것은 훨씬 분하다.

독자에게, 자신이 쓴 책이 전해지지 않는 것은 무엇보다도 분하다.

이 나이가 되어서도, 뱃속에서부터 슬금슬금 타들어 가는 듯한 분함을 계속 느끼고 있다.

그래도 날뛰거나 소리를 지르거나 하지는 않도록.

어쩔 수 없었다, 흔히 있는 일이다——라고.

자신을 속이는 방법을 익혀버렸을 뿐이다.

중학생도 아저씨도 노인도, 분한 건 당연히 분한 건데도. 분함의 정도는 다르지 않을 텐데도.

"사실은, 울 수 있다면, 우는 게 좋지."

"? 텐군은 무슨 소릴 해?"

뿌연 시야 속에 나를 비추다, 이제야 인식한 듯, 야야는 눈을 깜빡거렸다.

테이블 위의 호수를 냅킨으로 박박 닦고 투명한 눈을 손등으로 북북 문지르고, 담담히 말한다.

"이건 눈물이 아니야. 야야는 울지 않았어."

"으응?"

"텐군은 아마 착각하고 있어. 야야에게는 감정이 없으니까. 그런 거 아니야."

"그럼 어떤 건데?"

"그냥, 스스로에게 속이 뒤집히니까 눈에서 생리적인 액체성분을 흘리고 있을 뿐."

"감정의 정의가 박살나네……."

"야야는 냉정해. 야야는 멈추지 않아. 무슨 일이 있어도 상처 입거나 하지 않아. 야야는 인간의 마음을 모르니까 괜찮아."

"……그러게."

입이 닳도록 했던 말의 의미를, 야야는 제대로 이해하지 못하고 있을 것이다.

감정을 인식하지 못한다는 것은 감정에서 고립되었다는 말과 동의어가 아니다.

반대다.

감정을 인식할 수 없기에 감정에 휘둘리는 것이다.

모르니까 분해도 허세를 부릴 수 있다.

모르니까 스토리 속에서 인간을 묘사할 수 없다.

모르니까 말도 안 되는 대인용 페르소나를 뒤집어쓴다.

그것은 그저 약간 둔감할 뿐인—— 지극히 평범한 인간이다.

처음 보았을 때 분명히 느끼지 않았던가.

『고작해야 허구 속에서 멈춰 서버린 녀석의 말에는 가치가 없다.』

이 중학생은 그저 신 캐릭터를 모방하고 있는, 이미테이션이라고.

야야는 어디를 들여다봐도 평범한 범재다.

어딘가의 빌어먹을 악마처럼, 항상 리미터를 풀어버리는, 천재와 종이 한 장 차이라는 거시기는 아니다. 꾸미지 않고서는, 연구하지 않고서는 진짜에게 다가갈 수 없다.

그리고 진짜를 흉내 낸 대가로 날카로운 상처를 입었다.

유사 이래 되풀이된, 재능의 세계에서는 흔해 빠진 인과다.

알고 있었을 텐데—— 주위의 분위기에 휩쓸려, 자신의 잣대를 잃고, 시시한 허구에 몰입되고 말았다.

가짜에게 진짜를 느껴버렸던 나 또한 가짜겠지.

"피차, 진저리나게, 자기 자신이 싫어져 버리는구만······."

"······텐군이 무슨 말을 하는지 잘 모르겠어."

야야는 한동안 눈에서 생리적인 액체를 흘리고 있었다.

📖

어쩌면 타이밍을 쟀던 것인지도 모른다.

북카페 점원은 매우 송구스러운 표정으로, 주문한 샌드위치를 상당히 늦게 가져와 주었다.

"어 느 것 으 로 할 까 요…….."

이 샌드위치는 베리에이션이 풍부하다. 맛은 둘째치고.

호들갑을 떨며 비판하기도 칭찬하기도 애매한, 참으로 미묘한 이 직영 북카페. 출판관계자 여러분께서는 근처에 들를 때 한번 방문해주시기 바랍니다.

"……응?"

접시에 뻗었던 손가락은 한순간 먼저 샌드위치를 집은 중학생에게 추월당해버렸다.

"야야는 에그 햄 샌드위치가 좋아."

호수에 젖은 냅킨 무더기를 대량으로 만들어놓고 야야는 딱딱한 목소리로 말했다.

"그럼 난 베이컨 레터스 토마토로."

"역시 야야도 그걸로 할래."

"마침 잘 됐네. 돈카츠 샌드위치가 먹고 싶어졌던 참인데."

"……."

아직도 대량의 강물 흔적을 남긴 뺨이 한층 딱딱해졌다.

"텐군은 거짓말쟁이야."

"내가 아는 어른들 중에서는 상당히 솔직한 편이라고 자부하는데."

"게다가 창피한 줄도 몰라."

"말이 막 나온다……?"

투명한 눈동자가 빤히 나를 바라본다.

"……그치만, 말 안해줬는걸."

"뭘?"

"야야가 쓴 이야기의 감상. 읽었을 텐데도. 텐군은 그 사람이랑 같은 방식으로 글을 읽고 있으면서── 재미없다고, 한마디도 안 했어."

그 시선은 이내 샌드위치로 향해버렸다.

남은 말을 삼키고, 우물우물 먹기 시작한다.

"……나도 알아. 텐군의 감상은 텐군의 문제지. 야야의 문제가 아니야. 그걸 들어도 안 들어도 상관없어. 창피한 줄 모르는 건 야야 쪽이야."

에그 샌드위치와 베이컨 레터스 토마토 샌드위치와 돈카츠 샌드위치를, 앙갚음하듯 전부 한 입씩 먹고, 야야는 중얼거리듯 말했다.

"하지만 가망 없는 사람을 도와주는 건 텐군에게는 어리석은 일이야."

"남에게 재능이 있는지 없는지 내가 어떻게 알겠냐. 재능이 없는데."

"……그건 궤변이야."

"하지만 나랑 네가 닮았다는 건 알아."

"닮아?"

상을 받으며 화려하게 데뷔하고, 그런데 기대를 배신

하고.

재능이 있다는 말을 믿었다가, 금세 잘리고.

그래도 싸워야만 한다.

편을 들고 싶어지는 것도 당연하잖아? 분한 마음을 풀고 싶어지는 것도 당연하잖아?

"애들이 꿈을 꾸는 건 나쁜 게 아니야."

"……."

야야는 입을 다물었다.

샌드위치를 접시에 얹고 내 쪽으로 밀어낸다.

"잘 생각해보니. 이건 텐군 샌드위치야."

"응?"

"야야는 먹은 만큼 돈 낼 거야. 그러니까――."

쳐다보니 입술이 한일자로 꾹 다물어진 것을 알 수 있었다.

강하게, 무언가를 참듯.

"그러니까, 어엿한 한 사람으로 대접해줘."

"……그러고 있어."

"안 그랬어. 텐군은 작가야. 야야도 작가야. 야야랑 텐군은 같은 세계에서 싸우고 있어. 이건 두 사람의 문제야. 노인처럼 선 긋고 물러나 있지 마."

무표정하게 정평하는 야야. 하지만 내 착각일까, 그녀는 매우 서글프게 미간을 찡그리고 있는 것처럼 보였다.

예를 들면―― 아까의 매장사와 비슷할 정도로.

"……아니지."

나는 희미하게 웃고 고개를 가로저었다.

그렇고말고── 아니야, 매장사.

옆길로 샌 게 아니라, 이게 내가 원래 가는 길이라고.

매장사는, 너희는, 글쟁이지만.

"너 같은 사람을 지켜보는 게 내 인생 중 하나야."

"……작가인데, 자기 일을 방치해?"

"이것도 내 일인걸."

나는 글쟁이이자 강사다.

수업 짬짬이 원고를 쓰고, 파티를 전후해 제자와 만나고, 신인 작가가 날개를 치는 순간을 보며, 학교에 못 나가는 아이의 레슨을 한다.

이미 몇 년이나 그렇게 살아왔다.

"……텐군의 스탠스를 모르겠어."

야야는 고개를 갸웃했다.

"어느 쪽이야?"

"둘 다야."

작풍과 문체를 서로 나눌 수 없듯.

정장에 분필 가루가 묻을 수밖에 없듯.

좌반신과 우반신을 떼어놓을 수 없듯.

"그러다 추월당해도?"

"물론, 추월당해도."

설령 자신의 제자가, 또 하나의 작업 영역에 발을 들인다 해도.

그래도——.

"누군가에게 뭔가를 가르치는 게, 누군가에게 뭔가를 써주는 것보다 못한 일이겠어?"

나는 앞으로도 글쟁이이자 강사일 것이다.

여기에 후회 따위 한 점도 없다.

"그러니까, 야야. 강사로서 말할게."

나는 샌드위치를 도로 밀어냈다.

"세이카를 뛰어넘어."

동시에, 그 접시 위에서 자신의 샌드위치를 들었다.

"나도—— 같은 글쟁이로서, 그 녀석을 타도할 거니까."

가뿐하게 무슨 일이든 해내는 신 따위 존재하지 않는다.

빛이 있을 때, 그림자가 있다.

언제 어느 순간에도, 세상 어디 있더라도.

이것은 자신이 빛이 닿지 않는 그림자임을 받아들이고, 그래도 이를 악물고 일어나 계속 걸어 나가——

평범한 인간이, 못난이 빌어먹을 악마에게 도전하는 이야기다.

📖

모든 샌드위치를 둘이서 먹어 치울 때까지.

야야는 계속 창밖을 보고 있었다.

그 시선에 이끌려 고개를 들어보니 하늘에는 구름 한 점 없었다. 날카로울 정도로 맑게 갠, 그저 평범한 겨울 아침이었다.

"눈 다 녹겠네."

"어쩔 수 없어. 자연의 섭리야. 날이 개면 눈은 녹아. 해님은 엄청 강하니까."

야야가 문득 중얼거렸다. 무언가를 핑계로 삼듯.

"……아니, 모르지. 구름이 끼면 또 어떻게 될지."

"오늘 예보는 하루 종일 맑음. 해가 차단될 확률은 0퍼센트야."

"그렇긴 하다만……."

평범한 우리는 만인이 믿는 일기예보를 뒤집으면서까지 밝고 눈부신 햇살을 먹구름으로 가릴 수는 없다.

그래도——

"계속 걸어 나가면, 경치는 바뀌는 거야."

언젠가, 어디선가.

맑은 날에 내리는 눈을 보는 정도는, 우리도 할 수 있을지 모른다.

"……."

야야는 고개를 갸웃했다.

"날씨 얘기 하고 있었는데."

"……그러냐."

"그러니까, 무슨 뜻?"

"아무것도 아냐. 깊은 의미는 없어. 잊어버려."

"야야는 잘 모르겠어. 감정이 없으니까. 다만, 어쩌면."

"어쩌면?"

"연상의 아저씨에게 이상한 시를 받는다는 게 이런 기분일지도."

"냉정하게 논평 당하니 죽고 싶어진다……."

너 분명 알고서 장난치는 거지. 하다못해 표현이라도 좀 부드럽게 해주세요. 내 감정이 사라져버리겠어요.

"텐군은 거짓말쟁이에 창피한 줄도 모르는 로맨티스트야."

야야는 담담하게 말하면서, 투명하고 공허한 눈에 나를 비추고,

"그래도—— 같이 계속 걸어 나가는 것도 나쁘지 않겠다고, 야야는 생각해."

그 새빨갛게 부은 눈가를, 평범한 형태로, 아주 약간 누그러뜨렸다.

에필로그 ✏️

야야와, 나의 첫 담당자와 만나는 날.

상대가 지정한 장소는 신주쿠의 가부키쵸가 아니었다.

긴자의 철판구이 가게였다. 버튼을 눌러도 점원이 오지 않는 싸구려 선술집이 아니라, 셰프가 눈앞에서 스테이크를 구워주는 고급스러운 곳이다.

룸까지 안내해준 점원의 말로는, 우리가 오기 전에 초대 담당자가 먼저 가게에 오기는 했지만, 지금은 화장실에 갔다고 한다.

맞은편 자리에는 초대 담당자의 것으로 보이는 가방이며 코트가 남아 있었다. 점원이 음료 주문을 받겠다고 말했다.

조금 난감해졌다.

나는 만나서 두세 마디쯤 한 다음 돌아가려고 했던 것이다. 우리가 먼저 왔으면 그 녀석을 맞이한 다음 돌아간다. 그 녀석이 먼저 왔으면 그 자리에서 인사하고 돌아간다.

필요 최소한도의 연결만 시켜주고, 나머지는 젊은 두 사람끼리 오붓하게 오호호호호…… 하는 필살 중매쟁이 전법이다. 상대가 있지만 없다는 패턴은 상정하지 못했다.

"어떡한다……."

나는 끙끙거렸다. 메뉴에 적힌 고기를 보면 도저히 개인적으로 올 만한 가격대의 가게는 아니다.

지난 몇 년 동안 상대도 달라졌다는 뜻이겠지. 좋은 의미에서도 나쁜 의미에서도.

가부키쵸에서 긴자로.

내가 그 녀석과 어깨동무를 하고 싸구려 술을 마시던 시대는 이미 끝나버렸다는 소리다.

"——텐군은 가끔 신기하게 얼굴을 찡그려."

"아?"

"화를 내는 것 같기도 하고 슬퍼하는 것 같기도 한. 쓸쓸해서 견딜 수 없는 듯한. 감상적인 기분일까나. 야야는 그 마음을 잘 모르겠지만."

얌전히 옆자리에 앉은 야야가 담담히 말했다.

뭐라고 반응해야 좋을지 몰라 입을 다문 나를 보며,

"맞았어?"

야야는 고개를 갸웃했다.

무표정하게, 브이 사인까지 내밀며.

"야야는 텐군 연구의 제일인자니까. 아자."

"……가발 비뚤어지려고 그런다. 제대로 써라."

나는 그 머리를 손바닥으로 꾸욱 눌렀다.

비딱해진 금발과 함께 억지로 테이블까지 눌러주었다. 꾸욱, 꾸욱꾸욱.

"그리고 로맨티스트 텐군에게는 부끄러워지면 이렇게 폭력을 행사해 얼버무리는 나쁜 버릇도 있어."

"시끄러워. 넌 남의 감정을 연구하기 전에 자기 대인용 커뮤니케이션 인격이나 어떻게 해봐."

"아—. 그 이상은 안 돼. 그 이상은 안 돼요. 야야의 등은 그렇게 구부러지지 않아요. 부러져요. 우두둑 소리가 들려요. 이건 굉장해. 큰일 나겠어."

으~ 아~ 하고 느릿느릿 신음하며 흐느적흐느적 팔다리를 휘젓던 야야의 힘이 문득 약해졌다.

"……응?"

구부러져선 안 될 데까지 구부려버렸나? 싶어 아래를 보니, 야야는 쪼그려 앉은 채 종이 한 장을 펼치고 있었다.

"그건 뭐야?"

"모르겠어. 떨어져 있었어."

원래의 무표정한 얼굴로 의자에 돌아왔다.

옆에서 들여다보니, 무언가의 기획서인 것 같았다.

초대 담당자의 이름과 『기획제안서』라는 글씨가 보였다.

"그거 그 녀석 거잖아……. 보지 마, 원래 자리에 놔둬."

"하지만."

야야는 서두를 가리켰다. 그곳에는——.

텐데 선생님, 야야야 선생님
합작 기획 제안
오리지널 애니메이션 대결

"——이게 뭐야?"

"······모르겠어. 결론이 없어."

나는 야야와 얼굴을 마주 보았다.

서로의 눈 속에서 올바른 해답을 찾아내지 못하는 사이에, 발소리가 들렸다.

"기다리시던 손님들께서 오셨습니다."

점원이 안내해주는 목소리와 함께, 누군가가 문 앞에 서는 기척이 느껴졌다.

야야가 느긋하게 일어났다. 나는 숨을 들이마시고 그 방향을 보았다.

그리고 룸의 문이 열리고,

"처음 뵙겠습니다, 야야야 선생님. 그리고 텐데 선생, 오랜만이야──."

과거가, 지금, 미래를 데리고 찾아온다.

그 정체는, 아직 아무도 모른다.

그런데, 여기서부터는 완전히 여담이고 보너스고 본편과는 무관하지만.

시간은 약간 거슬러 올라간다.

세이카가 이이다바시의 도로에서 들떴던 겨울 아침의 일이다.

출판사로 달려갈 때까지 10분, 하염없이 수다를 떠는 동안, 그 빌어먹을 악마에게도 딱 한순간 말을 어물거렸던 때가 있었다.

세이카님 사상 최고 걸작인지 뭔지 하는 『야한 일이 주 특기인~』 2권의 간행 시기에 대해, 세이카는 무언가 생각에 잠기더니, 마침 떠올랐다는 듯 불쑥 말한 것이다.

"그러고 보니 졸업식 뒤가 되겠네요."

"졸업……? 누구?"

"물론 저죠. 미소녀 작가 츠츠카쿠시 세이카는 올봄에 놀랍게도 여고생이 된답니다! 후후, 또 어른이 되고 말았네요, 텐진 선생님?"

나는 아연실색했다.

아니 결코 연령상 스트라이크 존에 들어가 버렸다거나 그런 뜻이 아니고. 세간 일반의 기준으로는 여고생 매니아도 어엿한 로리콘이다. 나는 로리콘이 아니다. 따라서 여고생은 대상 밖이다. 삼단논법 종료.

"그렇구나. 다음 달에 졸업이라……."

왠지 이 녀석만은 영원히 중학생일 거라는 기분이 들던 것이다.

그럴 리가 없는데도. ……바보 같은 감상이다, 정말로.

"사실은 외부 입시를 치를 생각이었지만요, 내부 진학을 하기로 했어요. 지금은 인생에서 가장 중요한 시기니까요."

좋은 집안 아가씨들이 다니는 학교의 아가씨 작가 껍데

기를 뒤집어쓴 빌어먹을 악마는 눈 밑의 다크서클을 손가락으로 북북 비비더니 빙그레 웃음을 지었다.

"그래서 텐진 선생님. 시간에 여유가 생긴 만큼 제 졸업여행 겸 저희의 혼전여행으로 온천 여관 예약을 잡아놓았는데요."

"뭐?"

세이카는 가방에서 종이를 꺼냈다. 여행 사이트의 예약 완료 화면을 인쇄한 것이었다.

날짜는 다음 달. 내 이름으로, 내 계정으로, 취소 시 위약금이 발생하는 조기예약할인 상품.

"이 날은 비어 있으셨죠? 유급휴가를 써야 하는 날이라는 정보를 입수했거든요! 우리를 방해할 건 하나도 없어요! 두 번째 아이를 만들어요!"

"잠깐만? 전체적으로, 잠깐만?"

감정의 용량이 따라가지 못하겠으니까 다음 권까지 잠깐만 기다려줄래?

📖

그런데, 여기서부터도 완전히 여담이고 보너스고 본편과는 무관하지만.

시간은 더욱 거슬러 올라간다.

토에를 우즈라노 가까지 바래다주었던 새해 첫 참배 날

밤의 일이다.

『모모카가, 부적 고맙습니다, 너무 기뻐요, 라고 그랬어.』

목욕을 마치고 나왔더니 토에에게서 메시지가 와 있었다.

100퍼센트 확률로 모모카는 나에게 이런 말을 하지 않는다. 언니에게 인사를 했을 뿐이겠지만, 그런 말은 해봤자 소용없겠지. 적당한 이모티콘으로 대답했다.

잠시 후, 다시 메시지가 날아왔다.

조심조심, 타이밍을 재는 듯한 시간 간격이었다.

『모모카에게 줄 선물 말인데. 같이 온천 여행이라도 가는 건 어떨까, 하고.』

"그렇군."

나는 스마트폰을 바라보며 고개를 끄덕였다.

물건보다는 추억이라고 하니 말이지. 언니 너무 좋아맨인 모모카라면 분명 그쪽을 더 기뻐할 것이다.

『언제 갈까?』

"왜?"

『당신은 언제가 비냐고.』

"왜?"

『모모카가 부적 답례도 하고 싶다고 그러니까.』

200퍼센트 확률로 나에게서 받았다는 사실이 전해지지 않았고 언니와 둘이서만 여행을 가고 싶었을 뿐이라고 생

각하지만, 말해봤자 못 알아먹겠지. 적당한 이모티콘으로
대답했다.

『어?????? 언제???????? 비냐고?????????????』

무셔.

토에가 악마처럼 메시지를 연타해댔으므로 나도 이모티
콘 연타로 시간을 끌었다.

하지만 뭐, 유급휴가는 남아돈다. 요즘은 너무 일만 했
으니까. 입시 시즌이 끝나는 3월에 휴가를 내는 것도 나쁘
지 않지.

오랜만에 온천에서 혼자 느긋하게 쉬어볼까.

상상만 해도 어깨의 응어리가 풀리는 것 같아, 나는 조
금 마음이 들떴다.

아무리 그래도, 아무리 못돼먹은 신이라도—— 도시에
서 멀리 떨어진 온천 여관의 밀실에서.

천사와 악마를 버팅시키는 지옥의 이벤트를 일으킬 리
는 없겠지.

해설

"임금님은 벌거숭이!"

어린이가 그렇게 지적했지만, 임금님은 벌거벗은 채 퍼레이드를 계속했다고 한다──.

누구나 잘 아는 안데르센의 동화 『벌거벗은 임금님』의 마지막 장면인데, 나는 여기에서 이 작품과의 유사성을 느끼고 말았다.

그렇다고는 해도 『제자에게 협박당하는 건 범죄인가요?』 본편의 이야기가 아니다.

문제는 해설 쪽이다. 본 작품에 남은 미스터리는 얼마 되지 않는다.

그도 그럴 것이 1권에서 3권에 이르기까지 시라토리 시로, 와타리 와타루, 타치바나 코우시라는 쟁쟁한 작가진이 정면승부로 해설을 담당하지 않았던가.

저마다의 개성 풍부한 필치로 적나라하게 파헤쳐진 작품을 또 해설할 의미가 정말로 존재할까. 이 이상의 해설을 거듭하는 것은 사족일 뿐만 아니라, 어린 소녀가 잔뜩 나오는 작품과 관여해버린 나의 필명에까지 흠이 갈 수도 있다.

그렇게 주장했으나, 애석하게도 끝까지 저항할 수는 없었다. 로리콘의 압박은 장난이 아니다.

왜 나에게까지 해설 의뢰가 왔을까. 이제 와서 뭘 쓰면 좋을까. 이건 사가라 소의 교묘한 괴롭힘이 아닐까? 그렇게 의심했던 때도 있지만 이번 권의 원고를 받고 적어도 전자의 의문은 풀렸다.

정말로 이 작품이라면 내가 해설을 쓰는 의미도 있을 것이다.

아시다시피 사가라 소의 데뷔는 제6회 MF 문고 J 라이트노벨 신인상이다.

그리고 같은 2010년, 같은 레이블 같은 회에서 나도 상을 받았다.

요컨대 우리는 그야말로 동기다. 작품 내에서 말하자면 세이카에 대한 야야의 포지션이 되는 걸까.

하지만 솔직히 말하자면 사가라 소라는 인간과 나는 친해질 기회를 얻지 못했다. 특수한 상황을 제외하면 직접 말을 나눈 기억이 거의 없다. 그의 작품은 거의 전부 읽고 있지만. 어떤 의미에서 라이벌 의식이 될지도 모드겠다.

따라서 동기로서가 아니라 한 작가로서 해설을 쓸까 한다.

사가라 소와 나눈 얼마 안 되는 대화 중에, 지금도 선명하게 기억하는 말이 있다.

"팬레터를 받으면, 적어도 한 달은 봉투를 뜯어서 읽어볼 수가 없어요."

파티의 화장실 거울 앞에서 만났을 때, 그는 담담하게 중얼거렸던 것이다.

그때는 의미를 이해할 수 없었다. 작가 된 몸으로서 팬레터를 받으면 누구나 기뻐 날뛴다. 당연히 나도 기쁘다. 나에게는 팍팍 보내주시기 바란다.

하지만 사가라 소는 다르다. 호의를 정면으로 던져주면 어떻게 해야 좋을지 알 수 없어져서 한동안 마음을 가라앉힐 시간이 필요하다는 것이다.

이것은 명백히 지난 권에서 타치바나 코우시가 썼던『작가의 작품 칭찬은 전부 도발 판정』문제와 상통하는 부분이 있는 듯하다.

독자를 신경 쓰지 않고 집필하기 때문에 동요한다는, 그런 것은 아니리라.

이 작품의 독백 중에는 독자에게 메타픽션적으로 말을 거는, 소위『제4의 벽』을 깨는 기법이 자주 쓰이고 있기 때문이다. 그의 대표작인『변태왕자와 웃지 않는 고양이.』에서도 보이는데, 이것은 분명 독자의 존재를 의식한다는 뜻이다.

즉.

사가라 소는 독자의 목소리를 듣고 싶어하며, 독자에게 목소리를 전하고 싶어하지만, 직접 독자와 이야기를 할 수 없다. 두꺼운 투명상자 안에서 바깥의 경치를 바라보고 있는 것과 마찬가지다.

그것은 비극인 동시에 희극이다.

이 조그마한 희비극은 그의 작풍에도 크게 반영되어

있다.

내가 가장 좋아하는 사가라 소 작품 중 하나로『그런 세
계는 부숴버려 ─퀼리디아 코드─』라는 이야기가 있다.

여기에 묘사된 것은 세계에서 무참하게 버림받았음에도
세계를 지키려 하는 히로인,『우타라 카나리아』의 광기 어
린 사랑이다. 그녀는 결코 세계와 접촉하는 것이 용납되지
않은 채로 세계를 끌어안고 있다. 비극이자 희극이기도
하다.

본 작품『제자에게 협박당하는 것은~』에도 비슷한 희비
극을 방불케 하는 모순구조가 보인다.

주인공 텐진은 글쟁이이자 강사다.

작가는 뛰어난 작품에 질투를 느끼는 법이다. 선생님은
제자가 자신을 뛰어넘는 순간을 기뻐하는 법이다.

제자의 성장을 바라며, 타인의 성장을 좋게 볼 수 없다
는 이 갈등을 뛰어넘어, 텐진은 진정으로 세계를 사랑할
수 있게 될 것인가.

이것은 재능의 이야기라고 시라토리 시로는 말했다.

동시에 재능을 뛰어넘는 아우프헤벤의 이야기이기도 하
다고 생각한다.

여학생들이 그의 이율배반을 타파해줄 존재이기를 기도
한다. 덤으로 초등학생들의 등장이 좀 더 늘어나면 좋겠
다. 카에데찡 할짝할짝. 가끔은 어린 소녀가 잔뜩 나오는
작품도 좋구만!

이번 권의 라스트에서 제시되었듯 다음 권은 더 재미있어질 것이다. 테마 면에서도 러브코미디 면에서도. 다른 작가가 쓴 작품의 완성도에 도장을 찍어주는 건 어쩐지 매우 마음 편한 일이다. 느긋하게 믿고 기다리기만 하면 되니까.

단 한 가지, 우려가 되는 점이 있다면 본편이 아니라 해설 쪽이다.

하나의 연재작품을 다른 면에서 네 번이고 다섯 번이고 해설시키려 한다는 것은 이미 무리하고 무모한 일일 뿐이다.

다음 권에는 대체 누가 이 작품의 해설을 쓰게 될 것인가. 임금님은 벌거숭이다.

텐데 다메

OSHIEGO NI KYOUHAKU SARERU NOWA HANZAI DESUKA? 4JIKANME
©Sou Sagara 2019
First published in Japan in 2019 by KADOKAWA CORPORATION, Tokyo.
Korean translation rights arranged with KADOKAWA CORPORATION, Tokyo.

제자에게 협박당하는 것은 범죄인가요? 제4교시

2021년 12월 16일 1판 1쇄 발행

저　　　자 사가라 소우
일러스트 모모코
옮 긴 이 김민재
발 행 인 유재옥
본 부 장 조병권
담당편집 조현진
편　　　집 조현진 정영길 조찬희 박치우
미　　　술 김보라 서정원
라이츠담당 한주원 이다정
디 지 털 박상섭 이성호 최서연 김지연
발 행 처 ㈜소미미디어
인쇄제작처 코리아피앤피
등　　　록 제2015-000008호
주　　　소 서울 마포구 토정로 222, 403호 (신수동, 한국출판콘텐츠센터)
판　　　매 ㈜소미미디어
마 케 팅 한민지 최수아
전　　　화 편집부 (070)4164-3962, 3963　기획실 (02)567-3388
　　　　　　판매 및 마케팅 (070)4165-6888　Fax (02)322-7665

ISBN 979-11-384-0495-2 04830
ISBN 979-11-6389-578-7 (세트)